TONIO KRÖGER

TONIO KRÖGER

NOVELLE

VON

THOMAS MANN

EDITED WITH INTRODUCTION, NOTES
AND VOCABULARY

BY

JOHN ALEXANDER KELLY

WAVELAND

PRESS, INC.

Prospect Heights, Illinois

For information about this book, write or call:

Waveland Press, Inc.
P.O. Box 400
Prospect Heights, Illinois 60070
(708) 634-0081

PREFACE

Tonio Kröger will undoubtedly serve as the best introduction for the American student to Thomas Mann. The present edition may be studied to advantage any time after the completion of the third semester of college German or of the second year in high school. In elementary classes the teacher should give especial assistance on Chapter IV, the only one presenting difficulties.

The vocabulary omits the five hundred commonest words, according to the "German Frequency Word Book," edited by Professor B. Q. Morgan and published by the American and Canadian Committees on Modern Languages (New York, The Macmillan Company, 1928), except where such words are used as keywords to the more difficult expressions. Wherever practicable translations of unusual German phrases have been included in the vocabulary rather than the notes, as this seems to be the more convenient arrangement.

I wish to thank my colleague, Professor Harry W. Pfund, for valuable suggestions in the preparation of notes and vocabulary, Professor A. B. Faust, of Cornell University, and Mr. F. S. Crofts for smoothing out difficulties of various sorts, and Mr. John L. Heller, of Haverford College, for his kind assistance in proof reading.

J. A. KELLY

INTRODUCTION

With the appearance of *Der Zauberberg* in 1924 Thomas Mann became the outstanding figure in German literature of the present day. Thomas Mann was born in Lübeck, June 6, 1875. He doubtless regrets that the date was not the fifth or the twenty-fifth, for he derives a certain satisfaction from the mathematical scheme of his career. He was born at noon. The first five decades of his life embraced the last quarter of the nineteenth century and the first quarter of the twentieth. At the halfway station, just at the turn of the century, he completed *Buddenbrooks*, the sure foundation of his fame. At the end of his third decade he was married to Katja Pringsheim, the daughter of a distinguished professor of mathematics in Munich. The children of this marriage have appeared in three rhythmically grouped pairs — girl, boy; boy, girl; girl. boy. He conjectured that he would die in 1945 at precisely the age his mother reached. In 1929—it should have been 1930—Thomas Mann was the winner of the Nobel prize for literature. He is the sixth German writer to receive this distinction, the others being Theodor Mommsen (1902), Rudolf Eucken (1908), Paul Heyse (1910), Gerhart Hauptmann (1912) and the Swiss poet, Carl Spitteler (1919). All have richly deserved it, but none more than Thomas Mann.

For three generations the paternal ancestors of the two great writers, the brothers Heinrich and Thomas Mann, had been substantial merchants of Lübeck. The first of this line was a rationalistic free-thinker, a somewhat belated disciple of Voltaire. The grandfather, a Netherlands *Konsul* and political liberal, was orthodox in religion, thanks perhaps to the influence of a pious wife. The father was a *Senator* and twice *Bürgermeister* of Lübeck. The union of this sturdy burgher with a wife "von drüben," a Creole of German, Portuguese and Indian descent, seems to have introduced the artistic strain into the family.

In the opinion of Martin Havenstein the greatest works of Thomas Mann are *Buddenbrooks*, *Tonio Kröger*, *Königliche Hoheit*, *Herr und Hund* and *Der Zauberberg*. Most critics would include in this list *Der Tod in Venedig*, and *Unordnung und frühes Leid* might now be added. Of *Tonio Kröger* Arthur Eloesser writes, "Das Lied Tonio Krögers — Bruders von Peter Schlemihl, aller Ausgestoßenen und Sehnsüchtigen unsrer Romantik — gilt der Heimatlosigkeit, also der Heimat, es ist das Weichste, Unmittelbarste, Lyrischste, was Thomas Mann geschrieben hat." The author himself writes in his *Betrachtungen*: "Wo ist er jetzt, der Göttinger Student . . ., der mir . . . mit seiner hellen bewegten Stimme sagte, 'Sie wissen es hoffentlich, nicht wahr, Sie wissen es, — nicht die *Buddenbrooks* sind Ihr Eigentliches, Ihr Eigentliches ist der *Tonio Kröger!*'? Ich sagte, ich wüßte es." And in 1930 he wrote in his *Lebensabriß* that of all his works *Tonio Kröger*, the favorite among them of young people, still stood closest to his heart. The reason for this is apparent enough; it came from his heart and is the most specifically autobiographical of all the works of this poet who like Goethe reveals himself on every page he writes.

In his heredity and his creative life Mann presents a striking parallel to the greatest German poet and the greatest Austrian poet. Goethe's well-known lines:

> "Vom Vater hab' ich die Statur,
> Des Lebens ernstes Führen,
> Vom Mütterchen die Frohnatur
> Und Lust zu fabulieren."

and Grillparzer's lament: "Zwei völlig abgesonderte Wesen leben in mir, ein Dichter von der übergreifendsten, ja überstürzenden Phantasie, und ein Verstandesmensch der kältesten und zähesten Art" (the former being represents his mother, the latter his father), are strikingly similar to what Mann tells us of himself through the medium of Tonio Kröger: "Mein Vater war ein nordisches Temperament: betrachtsam, gründlich, korrekt aus Puritanismus und zur Wehmut geneigt; meine Mutter von unbestimmt exotischem Blut, schön, sinnlich, naiv, zugleich fahrlässig und leidenschaftlich und von einer impulsiven Liederlichkeit."

The result of such a mixture is a soul divided against itself, the "zwei Seelen in einer Brust" of Faust. Each of the three poets presents the problem of his own life under various aspects in different works, but *Tasso*, *Sappho* and *Tonio Kröger* are the most characteristic of each and the most closely related to one another. The central theme is the *malheur d'être poète*, the conflict between art and life. It is variously reflected in the lives not only of Goethe, Grillparzer and Mann, but of Hoffmann, Heine, Lenau, Byron, Poe and many another. Ibsen, for instance, complained of the ever increasing loneliness into which he had worked his way. Stated more broadly, it is the cruel fact that genius tends to become incapacitated for the simple enjoyment of life. Varying solutions of the problem are given by Mann, notably in *Die Hungernden*, a preliminary study to *Tonio Kröger*, in *Tristan*, *Der Tod in Venedig*, and in the characters Thomas, Christian and Hanno Buddenbrook, and Axel Martini in *Königliche Hoheit*. But in spite of their dissimilarity Tonio Kröger can and virtually does exclaim with Tasso at the end:

> "Und wenn der Mensch in seiner Qual verstummt,
> Gab mir ein Gott zu sagen, wie ich leide!"

Goethe, the great critic of life, succeeded to a remarkable degree in reconciling the two souls within his own breast.

Grillparzer, the defeatist, struggled valiantly against great odds from within and without and was eventually conquered by life. Thomas Mann, the conscientious artist, a man of the broadest human sympathies, has realized in his art the aspirations of Tonio Kröger and in his life is more of a Goethe than a Grillparzer.

Interesting reading in connection with *Tonio Kröger* would be Chamisso's *Peter Schlemihl* with Thomas Mann's little essay on this masterpiece (in *Sieben Aufsätze*), and Grillparzer's *Der arme Spielmann*, wherein a very little bit of art compensates the hero for an otherwise very nearly empty life.

TONIO KRÖGER

If Thomas Mann, like Tonio Kröger, is a burgher who has strayed into art, he is none the less an artist. It is not easy to find such conscientious, painstaking and accomplished workmanship as his in German literature, or, for that matter, in any literature. Certainly Germany has produced but few writers who have combined his high conception of the artist's calling with his skill in the realization of his ideals. The first to uphold a similar standard was Lessing, who in the laborious construction of *Emilia Galotti* wrote to his friend Nicolai fourteen years before the completion of the work that he was producing "alle sieben Tage sieben Zeilen." As an earlier specimen of German narrative composition equal to *Tonio Kröger* for classical perfection in conception and execution, a perfect whole composed of perfect parts, Fontane's *Irrungen, Wirrungen* suggests itself, and it is Fontane whom Mann delights to recognize as his chief model. From this point it is not a far cry to Flaubert, who records that he frequently devoted forty minutes to giving just the right turn to a single phrase of his *Madame Bovary;* and Flaubert is scarcely more successful, with his filing and polishing, than

Mann in avoiding the appearance of artificiality. But with his eyes towards the East rather than the West, Mann doubtless owes less directly to Flaubert than to Turgenieff, the great stylist of the "anbetungswürdige russische Literatur." Writing of *Tonio Kröger* in his *Lebensabriß*, Mann says: "Ich schrieb sie [die Novelle] sehr langsam. Namentlich das lyrisch-essayistische Mittelstück, das Gespräch mit der russischen Freundin, kostete mich Monate, und ich erinnere mich, daß ich das Manuskript während eines meiner wiederholten Aufenthalte in Riva am Gardasee . . . bei mir hatte, ohne um eine Zeile vorwärts zu kommen."

When such an artist takes such pains with his work, it is certainly worthy of careful study. We will attempt here a brief analysis of the "Novelle" with the hope of gaining a clearer insight not only into this little masterpiece but into the author's work as a whole. Perhaps his outstanding characteristic is his use of the *leitmotif*. This consists in coining a phrase, usually picturesque, representative of a character or an idea and in repeating the phrase judiciously from time to time when the character appears or the idea is suggested. In a sense, of course, Dickens and many another have employed this device. It even bears a resemblance to the use of the Homeric epithet. But Mann's peculiar *leitmotif* is that of Richard Wagner, to whom he owes much else besides. In repeating the phrase, however, he usually varies it slightly, after the manner of Chopin, who, quite as much for the negative purpose of avoiding hackneyed effects as to gain positively new ones, seldom repeats a passage in his piano compositions without at least introducing into it a new embellishment. It is reasonable to conjecture that Mann may have learned this trick from Chopin, for, if we may judge by the "Novelle" *Tristan*, Chopin stands second only to Wagner in his esteem. From the very beginning the use of the *leitmotif* abounds in Mann. He uses it freely in *Buddenbrooks*, more freely perhaps than anywhere else in *Tonio Kröger*, then gradually more conservatively until we come to *Mario und der Zauberer*, where it is almost entirely lacking. Typical examples are Konsulin Buddenbrook's manner of shaking hands: "Sie reichte ihm mit einem leisen Klirren des Armbandes die Hand, deren Fläche sie in herzlicher Weise ganz weit herumdrehte"; and Fräulein Weichbrodt's greeting of former pupils and other old friends: "indem sie sie kurz mit leise knallendem Geräusch auf die Stirn küßte." And frequently the occasion arises where she adds: "Sei glöcklich, du gutes Kend !". In *Unordnung und frühes Leid* Max Hergesell always speaks "nasal und auf besondere Weise gedehnt, . . . weil es so in der Art aller Hergesells liegt." Examples from *Tonio Kröger* are:

1. Wir sind doch keine Zigeuner im grünen Wagen (page 6, line 4 ; 10, 30 ; 23, 25 ; 54, 4)

2. Konsul Kröger, die Familie der Kröger (6, 5 ; 10, 31 ; 54, 5)

3. der lange sinnende sorgfältig gekleidete Herr mit der Feldblume im Knopfloch (5, 16 ; 21, 20 ; 23, 7 ; 50, 7)

4. wobei er leise vor sich hinpfiff (26, 22 ; 33, 21 ; 45, 26)

5. Leute, die immer hinfallen (16, 18 ; 37, 33 ; 76, 3)

6. und stieß mit den kleinen Fingern seine Manschetten in die Ärmel zurück (45, 9 ; 51, 31)

7. seine schöne feurige Mutter, . . . die dem Künstler in blaue Fernen gefolgt war (21, 24 ; 50, 12)

8. die Gatterpforte in ihren Angeln hin- und herzuschlenkern (12, 2 ; 47, 33)

9. Gedicht von Storm (17, 15 ; 75, 16)

To complete this list would mean repeating almost the whole story. Mann himself says in his *Lebensabriß à propos* of his *Zauberberg* as a specimen of the "Roman als Ideenarchitektur": "So geht die Neigung zu solcher Kunstauffas-

sung bis zum *Tonio Kröger* zurück. Vor allem war darin
das sprachliche Leitmotif nicht mehr, wie noch in *Buddenbrooks*, bloß physiognomisch-naturalistisch gehandhabt,
sondern hatte eine ideele Gefühlstransparenz gewonnen, die
es entmechanisierte und ins Musikalische hob."

It would seem that Mann attempts to offset the monotony
produced by the frequent recurrence of *leitmotifs* by almost
superstitiously avoiding the repetition of single words and
ordinary *clichés*. For example, Hans Hansen's pictures of
horses are on page 8 (l. 9) "Augenblicksphotographien";
on page 38 (l. 13) "Momentaufnahmen." When synonyms
occur, the less conventional usually come first, and the
everyday word is last: "Der Beamte tut seine Schuldigkeit," page 53 (l. 32); "Der Beamte tut seine Pflicht,"
page 54 (l. 33). The effect of this device is obvious. In
the account of the storm the words *Gischt, Schaum* and
Sprühschauer follow each other in close succession. While
each word has this time its special meaning, another writer
might have been content with two of them.

There is something in the structure and spirit of the purer
Germanic languages that makes alliteration almost inevitable.
This common device Mann uses freely in *Tonio Kröger*, but
never to the point of artificiality. All the more familiar
poetic effects may be found skilfully employed in abundance;
witness such phrases as "Erinnerung halb und halb Erwartung" (p. 61, l. 30). Biblical language abounds in his works,
though there seem to be but two examples in this story,
"über eine Weile" (p. 20, l. 29), and "ein tönendes Erz und
eine klingende Schelle" (p. 79, l. 30).

But in viewing the trees let us not lose sight of the forest.
The story is an admirable specimen of narrative "economy."
It is, like most of the creations of Heinrich Heine, whom
Mann has always admired, a perfect tryptich. We have
first the exposition, Tonio's youth, then, preceded by a

lyric-philosophic intermezzo (conversation with Lisaweta), the crisis, the hero's unhappy visit to his old home — *à la recherche du temps perdu;* another transition, the storm, and finally the *dénouement,* his awakening in Denmark. The parallels between the last part and the first are many and striking. The careless reader takes the Inge and Hans of Denmark as identical with those of Lübeck. This is not the case; but each of the types in part one has in part three an exact counterpart, even to Magdalena Vermehren, "die immer hinfiel."

After *Buddenbrooks* there is astonishingly little "lost motion" in Mann. To illustrate this a single instance must suffice. The allusion to *Don Carlos* represents the king as betrayed by the one man whom he considered his friend. Hans Hansen proves in this respect to be a second Posa. And how does he betray his friend? By calling him "Kröger" after Jimmerthal joins them, "weil sein Vorname so verrückt ist"; and this incident gains significance through the fact that the clashing names of the hero symbolize the central conflict of the whole story, that between burgher and artist.

The student could not do better than make for himself some such analysis as this, then forget it and reread the story for its aesthetic beauty. "Der Inhalt geht ganz in der Form auf," as Goethe and Schiller decreed; the action is slight, but the narrative presents a remarkable synthesis of music and philosophy.

BIBLIOGRAPHY

Thomas Mann's Works

Der kleine Herr Friedemann (Nov.), 1898
Die Buddenbrooks (Roman), 1901
Tonio Kröger (Nov.), 1903
Tristan (Nov.), 1903

Das Wunderkind, 1903
Fiorenza (Drama), 1905
Bilse und ich, 1906
Königliche Hoheit (Roman), 1909
Der Tod in Venedig (Nov.), 1913
Friedrich und die große Koalition, 1915
Betrachtungen eines Unpolitischen, 1918
Herr und Hund — Gesang vom Kindchen (Zwei Novellen),
    1920
Rede und Antwort (Essays), 1921
Bekenntnisse des Hochstaplers Felix Krull, 1922
Novellen, 2 Bde., 1922
Das Buch Kindheit, 1923
Goethe und Tolstoj, 1923
Von deutscher Republik, 1923
Gesammelte Werke, 1924
Der Zauberberg (Roman), 1924
Bemühungen (Essays), 1925
Pariser Rechenschaft, 1926
Unordnung und frühes Leid, 1926
Sieben Aufsätze, 1929
Die Forderung des Tages (Reden und Aufsätze), 1930
Mario und der Zauberer (Nov.), 1930

English translations, published by Alfred A. Knopf,
New York

A Man and his Dog
Buddenbrooks
Children and Fools (Stories)
Death in Venice, with Tristan, and Tonio Kröger
Death in Venice — alone with an introduction by Ludwig
    Lewisohn
Early Sorrow
The Magic Mountain

Mario and the Magician
Royal Highness
Three Essays (Goethe and Tolstoy, Frederick the Great and
    the Grand Coalition, and An Experience in Occult)
    85,000 copies of *Tonio Kröger* have been printed in German,
and translations have appeared in America, England, France,
Denmark, Norway, Sweden, Holland, Italy, Poland, Hun-
gary, and Czechoslovakia.

The literature on Thomas Mann has already reached
enormous proportions. Especially important are:

Eloesser, A. *Thomas Mann, sein Leben und sein Werk.*
    Berlin, 1925
Havenstein, M. *Thomas Mann, der Dichter und Schriftsteller.*
    Berlin, 1927
Kapp, M. *Thomas Manns novellistische Kunst.* München,
    1928
Naumann, H. *Die deutsche Dichtung der Gegenwart.* Stutt-
    gart, 1927
Strich, F. *Dichtung und Zivilisation.* München, 1928

Mann published a "Lebensabriß" in *Die Neue Rundschau*,
XXXXI, 6 (June, 1930)

TONIO KRÖGER

I

DIE WINTERSONNE stand nur als armer Schein, milchig
und matt hinter Wolkenschichten über der engen
Stadt. Naß und zugig war's in den giebeligen Gassen, und
manchmal fiel eine Art von weichem Hagel, nicht Eis, nicht
Schnee. 5
Die Schule war aus. Über den gepflasterten Hof und
heraus aus der Gatterpforte strömten die Scharen der Be-
freiten, teilten sich und enteilten nach rechts und links.
Große Schüler hielten mit Würde ihr Bücherpäckchen hoch
gegen die linke Schulter gedrückt, indem sie mit dem rechten 10
Arm wider den Wind dem Mittagessen entgegen ruderten;
kleines Volk setzte sich lustig in Trab, daß der Eisbrei umher-
spritzte und die Siebensachen der Wissenschaft in den See-
hundsränzeln klapperten. Aber hie und da riß alles mit
frommen Augen die Mützen herunter vor dem Wotanshut 15
und dem Jupiterbart eines gemessen hinschreitenden Ober-
lehrers . . .
„Kommst du endlich, Hans?" sagte Tonio Kröger, der
lange auf dem Fahrdamm gewartet hatte; lächelnd trat er
dem Freunde entgegen, der im Gespräch mit anderen Kame- 20
raden aus der Pforte kam und schon im Begriffe war, mit
ihnen davon zu gehen . . . „Wieso?" fragte er und sah
Tonio an. . . . „Ja, das ist wahr! Nun gehen wir noch
ein bißchen."

1

Tonio verstummte, und seine Augen trübten sich. Hatte Hans es vergessen, fiel es ihm erst jetzt wieder ein, daß sie heute mittag ein wenig zusammen spazieren gehen wollten? Und er selbst hatte sich seit der Verabredung beinahe
5 unausgesetzt darauf gefreut!

„Ja, adieu, ihr!" sagte Hans Hansen zu den Kameraden. „Dann gehe ich noch ein bißchen mit Kröger." — Und die beiden wandten sich nach links, indes die anderen nach rechts schlenderten.

10   Hans und Tonio hatten Zeit, nach der Schule spazieren zu gehen, weil sie beide Häusern angehörten, in denen erst um vier Uhr zu Mittag gegessen wurde. Ihre Väter waren große Kaufleute, die öffentliche Ämter bekleideten und mächtig waren in der Stadt. Den Hansens gehörten schon
15 seit manchem Menschenalter die weitläufigen Holzlager-plätze drunten am Fluß, wo gewaltige Sägemaschineʟ unter Fauchen und Zischen die Stämme zerlegten. Aber Tonio war Konsul Krögers Sohn, dessen Getreidesäcke mit dem breiten schwarzen Firmendruck man Tag für Tag durch
20 die Straßen kutschieren sah; und seiner Vorfahren großes altes Haus war das herrschaftlichste der ganzen Stadt . . . Beständig mußten die Freunde, der vielen Bekannten wegen, die Mützen herunternehmen, ja, von manchen Leuten wur-den die Vierzehnjährigen zuerst gegrüßt . . .

25   Beide hatten die Schulmappen über die Schultern gehängt, und beide waren sie gut und warm gekleidet; Hans in eine kurze Seemanns-Überjacke, über welcher auf Schultern und Rücken der breite, blaue Kragen seines Marineanzuges lag, und Tonio in einen grauen Gurtpaletot. Hans trug eine
30 dänische Matrosenmütze mit schwarzen Bändern, unter der ein Schopf seines bastblonden Haares hervorquoll. Er war außerordentlich hübsch und wohlgestaltet, breit in den Schultern und schmal in den Hüften, mit freiliegenden und scharf blickenden stahlblauen Augen. Aber unter Tonios

runder Pelzmütze blickten aus einem brünetten und ganz
südlich scharf geschnittenen Gesicht dunkle und zart um-
schattete Augen mit zu schweren Lidern träumerisch und
ein wenig zaghaft hervor . . . Mund und Kinn waren ihm
ungewöhnlich weich gebildet. Er ging nachlässig und un- 5
gleichmäßig, während Hansens schlanke Beine in den schwarzen Strümpfen so elastisch und taktfest einherschritten . . .

Tonio sprach nicht. Er empfand Schmerz. Indem er
seine etwas schräg stehenden Brauen zusammenzog und die
Lippen zum Pfeifen gerundet hielt, blickte er seitwärts 10
geneigten Kopfes ins Weite. Diese Haltung und Miene war
ihm eigentümlich.

Plötzlich schob Hans seinen Arm unter den Tonios und
sah ihn dabei von der Seite an, denn er begriff sehr wohl,
um was es sich handelte. Und obgleich Tonio auch bei den 15
nächsten Schritten noch schwieg, so ward er doch auf einmal
sehr weich gestimmt.

„Ich hatte es nämlich nicht vergessen, Tonio," sagte Hans
und blickte vor sich nieder auf das Trottoir, „sondern ich
dachte nur, daß heute doch wohl nichts daraus werden 20
könnte, weil es ja so naß und windig ist. Aber mir macht
das gar nichts, und ich finde es famos, daß du trotzdem auf
mich gewartet hast. Ich glaubte schon, du seist nach Hause
gegangen, und ärgerte mich . . ."

Alles in Tonio geriet in eine hüpfende und jubelnde Be- 25
wegung bei diesen Worten.

„Ja, wir gehen nun also über die Wälle!" sagte er mit
bewegter Stimme. „Über den Mühlenwall und den Holstenwall, und so bringe ich dich nach Hause, Hans . . .
Bewahre, das schadet gar nichts, daß ich dann meinen Heim- 30
weg allein mache; das nächste Mal begleitest du mich."

Im Grunde glaubte er nicht sehr fest an das, was Hans
gesagt hatte, und fühlte genau, daß jener nur halb so viel
Gewicht auf diesen Spaziergang zu zweien legte wie er.

Aber er sah doch, daß Hans seine Vergeßlichkeit bereute und
es sich angelegen sein ließ, ihn zu versöhnen. Und er war
weit von der Absicht entfernt, die Versöhnung hintanzu-
halten . . .

5 Die Sache war die, daß Tonio Hans Hansen liebte und
schon vieles um ihn gelitten hatte. Wer am meisten liebt,
ist der Unterlegene und muß leiden, — diese schlichte und
harte Lehre hatte seine vierzehnjährige Seele bereits vom
Leben entgegengenommen; und er war so geartet, daß er
10 solche Erfahrungen wohl vermerkte, sie gleichsam innerlich
aufschrieb und gewissermaßen seine Freude daran hatte,
ohne sich freilich für seine Person danach zu richten und
praktischen Nutzen daraus zu ziehen. Auch war es so mit
ihm bestellt, daß er solche Lehren weit wichtiger und interes-
15 santer achtete, als die Kenntnisse, die man ihm in der Schule
aufnötigte, ja, daß er sich während der Unterrichtsstunden in
den gotischen Klassengewölben meistens damit abgab, solche
Einsichten bis auf den Grund zu empfinden und völlig aus-
zudenken. Und diese Beschäftigung bereitete ihm eine
20 ganz ähnliche Genugtuung, wie wenn er mit seiner Geige
(denn er spielte die Geige) in seinem Zimmer umherging und
die Töne, so weich, wie er sie nur hervorzubringen vermochte,
in das Plätschern des Springstrahles hinein erklingen ließ,
der drunten im Garten unter den Zweigen des alten Walnuß-
25 baumes tänzelnd emporstieg . . .

Der Springbrunnen, der alte Walnußbaum, seine Geige
und in der Ferne das Meer, die Ostsee, deren sommerliche
Träume er in den Ferien belauschen durfte, diese Dinge
waren es, die er liebte, mit denen er sich gleichsam umstellte
30 und zwischen denen sich sein inneres Leben abspielte, Dinge,
deren Namen mit guter Wirkung in Versen zu verwenden
sind und auch wirklich in den Versen, die Tonio Kröger
zuweilen verfertigte, immer wieder erklangen.

Dieses, daß er ein Heft mit selbstgeschriebenen Versen

besaß, war durch sein eigenes Verschulden bekannt geworden und schadete ihm sehr, bei seinen Mitschülern sowohl wie bei den Lehrern. Dem Sohne Konsul Krögers schien es einerseits, als sei es dumm und gemein, daran Anstoß zu nehmen, und er verachtete dafür sowohl die Mitschüler wie die Lehrer, deren schlechte Manieren ihn obendrein abstießen und deren persönliche Schwächen er seltsam eindringlich durchschaute. Andererseits aber empfand er selbst es als ausschweifend und eigentlich ungehörig, Verse zu machen, und mußte all denen gewissermaßen recht geben, die es für eine befremdende Beschäftigung hielten. Allein das vermochte ihn nicht, davon abzulassen . . .

Da er daheim seine Zeit vertat, beim Unterricht langsamen und abgewandten Geistes war und bei den Lehrern schlecht angeschrieben stand, so brachte er beständig die erbärmlichsten Zensuren nach Hause, worüber sein Vater, ein langer, sorgfältig gekleideter Herr mit sinnenden blauen Augen, der immer eine Feldblume im Knopfloch trug, sich sehr erzürnt und bekümmert zeigte. Der Mutter Tonios jedoch, seiner schönen, schwarzhaarigen Mutter, die Consuelo mit Vornamen hieß und überhaupt so anders war als die übrigen Damen der Stadt, weil der Vater sie sich einstmals von ganz unten auf der Landkarte heraufgeholt hatte, — seiner Mutter waren die Zeugnisse grundeinerlei . . .

Tonio liebte seine dunkle und feurige Mutter, die so wunderbar den Flügel und die Mandoline spielte, und er war froh, daß sie sich ob seiner zweifelhaften Stellung unter den Menschen nicht grämte. Andererseits aber empfand er, daß der Zorn des Vaters weit würdiger und respektabler sei, und war, obgleich er von ihm gescholten wurde, im Grunde ganz einverstanden mit ihm, während er die heitere Gleichgültigkeit der Mutter ein wenig liederlich fand. Manchmal dachte er ungefähr: Es ist gerade genug, daß ich bin, wie ich bin, und mich nicht ändern will und kann, fahrlässig, widerspen-

stig und auf Dinge bedacht, an die sonst niemand denkt.
Wenigstens gehört es sich, daß man mich ernstlich schilt und
straft dafür, und nicht mit Küssen und Musik darüber hin-
weggeht. Wir sind doch keine Zigeuner im grünen Wagen,
5 sondern anständige Leute, Konsul Krögers, die Familie der
Kröger . . . Nicht selten dachte er auch: Warum bin ich
doch sonderlich und in Widerstreit mit allem, zerfallen mit
den Lehrern und fremd unter den anderen Jungen? Siehe
sie an, die guten Schüler und die von solider Mittelmäßigkeit.
10 Sie finden die Lehrer nicht komisch, sie machen keine Verse
und denken nur Dinge, die man eben denkt und die man laut
aussprechen kann. Wie ordentlich und einverstanden mit
allem und jedermann sie sich fühlen müssen! Das muß gut
sein . . . Was aber ist mit mir, und wie wird dies alles
15 ablaufen?

Diese Art und Weise, sich selbst und sein Verhältnis zum
Leben zu betrachten, spielte eine wichtige Rolle in Tonios
Liebe zu Hans Hansen. Er liebte ihn zunächst, weil er schön
war; dann aber weil er in allen Stücken als sein eigenes
20 Widerspiel und Gegenteil erschien. Hans Hansen war ein
vortrefflicher Schüler und außerdem ein frischer Gesell, der
ritt, turnte, schwamm wie ein Held und sich der allgemeinen
Beliebtheit erfreute. Die Lehrer waren ihm beinahe mit
Zärtlichkeit zugetan, nannten ihn mit Vornamen und för-
25 derten ihn auf alle Weise, die Kameraden waren auf seine
Gunst bedacht, und auf der Straße hielten ihn Herren und
Damen an, faßten ihn an dem Schopfe bastblonden Haares,
der unter seiner dänischen Schiffermütze hervorquoll und
sagten: ,,Guten Tag, Hans Hansen, mit deinem netten
30 Schopf! Bist du noch Primus? Grüß' Papa und Mama,
mein prächtiger Junge . . .''

So war Hans Hansen, und seit Tonio Kröger ihn kannte,
empfand er Sehnsucht, sobald er ihn erblickte, eine neidische
Sehnsucht, die oberhalb der Brust saß und brannte. Wer so

blaue Augen hätte, dachte er, und so in Ordnung und glück-
licher Gemeinschaft mit aller Welt lebte, wie du! Stets
bist du auf eine wohlanständige und allgemein respek-
tierte Weise beschäftigt. Wenn du die Schulaufgaben
erledigt hast, so nimmst du Reitstunden oder arbeitest mit 5
der Laubsäge, und selbst in den Ferien, an der See, bist du
vom Rudern, Segeln und Schwimmen in Anspruch genommen, indes ich müßiggängerisch und verloren im Sande liege
und auf die geheimnisvoll wechselnden Mienenspiele starre,
die über des Meeres Antlitz huschen. Aber darum sind 10
deine Augen so klar. Zu sein wie du . . .

Er machte nicht den Versuch, zu werden wie Hans Hansen,
und vielleicht war es ihm nicht einmal sehr ernst mit diesem
Wunsche. Aber er begehrte schmerzlich, so, wie er war, von
ihm geliebt zu werden, und er warb um seine Liebe auf seine 15
Art, eine langsame und innige, hingebungsvolle, leidende
und wehmütige Art, aber von einer Wehmut, die tiefer und
zehrender brennen kann als alle jähe Leidenschaftlichkeit,
die man von seinem fremden Äußern hätte erwarten
können. 20

Und er warb nicht ganz vergebens, denn Hans, der übrigens
eine gewisse Überlegenheit an ihm achtete, eine Gewandtheit
des Mundes, die Tonio befähigte, schwierige Dinge auszu-
sprechen, begriff ganz wohl, daß hier eine ungewöhnlich
starke und zarte Empfindung für ihn lebendig sei, erwies 25
sich dankbar und bereitete ihm manches Glück durch sein
Entgegenkommen — aber auch manche Pein der Eifersucht,
der Enttäuschung und der vergeblichen Mühe, eine geistige
Gemeinschaft herzustellen. Denn es war das Merkwürdige,
daß Tonio, der Hans Hansen doch um seine Daseinsart 30
beneidete, beständig trachtete, ihn zu seiner eigenen herüber-
zuziehen, was höchstens auf Augenblicke und auch dann nur
scheinbar gelingen konnte . . .

„Ich habe jetzt etwas Wundervolles gelesen, etwas Pracht-

volles . . . " sagte er. Sie gingen und aßen gemeinsam aus
einer Tüte Fruchtbonbons, die sie beim Krämer Iwersen in
der Mühlenstraße für zehn Pfennige erstanden hatten. „Du
mußt es lesen, Hans, es ist nämlich *Don Carlos* von Schiller
5 . . . Ich leihe es dir, wenn du willst . . ."
„Ach nein," sagte Hans Hansen, „das laß nur, Tonio, das
paßt nicht für mich. Ich bleibe bei meinen Pferdebüchern,
weißt du. Famose Abbildungen sind darin, sage ich dir.
Wenn du mal bei mir bist, zeige ich sie dir. Es sind Augen-
10 blicksphotographien, und man sieht die Gäule im Trab und
im Galopp und im Sprunge, in allen Stellungen, die man in
Wirklichkeit gar nicht zu sehen bekommt, weil es zu schnell
geht . . ."
„In allen Stellungen?" fragte Tonio höflich. „Ja, das ist
15 fein. Was aber *Don Carlos* betrifft, so geht das über alle
Begriffe. Es sind Stellen darin, du sollst sehen, die so
schön sind, daß es einem einen Ruck gibt, daß es gleichsam
knallt . . ."
„Knallt es?" fragte Hans Hansen . . . „Wieso?"
20 „Da ist zum Beispiel die Stelle, wo der König geweint hat,
weil er von dem Marquis betrogen ist . . . aber der Marquis hat ihn nur dem Prinzen zuliebe betrogen, verstehst du,
für den er sich opfert. Und nun kommt aus dem Kabinett
in das Vorzimmer die Nachricht, daß der König geweint hat.
25 ‚Geweint?' ‚Der König geweint?' Alle Hofmänner sind
fürchterlich betreten, und es geht einem durch und durch,
denn es ist ein schrecklich starrer und strenger König. Aber
man begreift es so gut, daß er geweint hat, und mir tut er
eigentlich mehr leid, als der Prinz und der Marquis zusam-
30 mengenommen. Er ist immer so ganz allein und ohne Liebe,
und nun glaubt er einen Menschen gefunden zu haben, und
der verrät ihn . . ."
Hans Hansen sah von der Seite in Tonios Gesicht, und
irgend etwas in diesem Gesicht mußte ihn wohl dem Gegen-

stande gewinnen, denn er schob plötzlich wieder seinen Arm
unter den Tonios und fragte:

„Auf welche Weise verrät er ihn denn, Tonio?“

Tonio geriet in Bewegung.

„Ja, die Sache ist,“ fing er an, „daß alle Briefe nach Bra- 5
bant und Flandern . . .“

„Da kommt Erwin Jimmerthal,“ sagte Hans.

Tonio verstummte. Möchte ihn doch, dachte er, die
Erde verschlingen, diesen Jimmerthal! Warum muß er
kommen und uns stören! Wenn er nur nicht mit uns geht 10
und den ganzen Weg von der Reitstunde spricht . . . Denn
Erwin Jimmerthal hatte ebenfalls Reitstunde. Er war der
Sohn des Bankdirektors und wohnte hier draußen vorm Tore.
Mit seinen krummen Beinen und Schlitzaugen kam er ihnen,
schon ohne Schulmappe, durch die Allee entgegen. 15

„Tag, Jimmerthal,“ sagte Hans. „Ich gehe ein bißchen
mit Kröger . . .“

„Ich muß zur Stadt,“ sagte Jimmerthal, „und etwas
besorgen. Aber ich gehe noch ein Stück mit euch . . .
Das sind wohl Fruchtbonbons, die ihr da habt? Ja, danke, 20
ein paar esse ich. Morgen haben wir wieder Stunde, Hans.“
— Es war die Reitstunde gemeint.

„Famos!“ sagte Hans. „Ich bekomme jetzt die ledernen
Gamaschen, du, weil ich neulich die Eins im Exerzitium
hatte . . .“ 25

„Du hast wohl keine Reitstunde, Kröger?“ fragte Jimmerthal, und seine Augen waren nur ein Paar blanker
Ritzen . . .

„Nein . . .“ antwortete Tonio mit ganz ungewisser
Betonung. 30

„Du solltest,“ bemerkte Hans Hansen, „deinen Vater
bitten, daß du auch Stunde bekommst, Kröger.“

„Ja . . .“ sagte Tonio zugleich hastig und gleichgültig.
Einen Augenblick schnürte sich ihm die Kehle zusammen,

weil Hans ihn mit Nachnamen angeredet hatte; und Hans
schien dies zu fühlen, denn er sagte erläuternd:

„Ich nenne dich Kröger, weil dein Vorname so verrückt
ist, du, entschuldige, aber ich mag ihn nicht leiden. Tonio
5 . . . Das ist doch überhaupt kein Name. Übrigens kannst
du ja nichts dafür, bewahre!"

„Nein, du heißt wohl hauptsächlich so, weil es so ausländisch klingt und etwas Besonderes ist . . ." sagte Jimmerthal
und tat, als ob er zum Guten reden wollte.

10   Tonios Mund zuckte. Er nahm sich zusammen und sagte:

„Ja, es ist ein alberner Name, ich möchte, weiß Gott,
lieber Heinrich oder Wilhelm heißen, das könnt ihr mir
glauben. Aber es kommt daher, daß ein Bruder meiner
Mutter, nach dem ich getauft worden bin, Antonio heißt;
15 denn meine Mutter ist doch von drüben . . ."

Dann schwieg er und ließ die beiden von Pferden und
Lederzeug sprechen. Hans hatte Jimmerthal untergefaßt
und redete mit einer geläufigen Teilnahme, die für *Don Carlos*
niemals in ihm zu erwecken gewesen wäre . . . Von Zeit zu
20 Zeit fühlte Tonio, wie der Drang zu weinen ihm prickelnd in
die Nase stieg; auch hatte er Mühe, sein Kinn in der Gewalt
zu behalten, das beständig ins Zittern geriet . . .

Hans mochte seinen Namen nicht leiden, — was war dabei
zu tun? Er selbst hieß Hans, und Jimmerthal hieß Erwin,
25 gut, das waren allgemein anerkannte Namen, die niemand
befremdeten. Aber „Tonio" war etwas Ausländisches und
Besonderes. Ja, es war in allen Stücken etwas Besonderes
mit ihm, ob er wollte oder nicht, und er war allein und ausgeschlossen von den Ordentlichen und Gewöhnlichen, ob-
30 gleich er doch kein Zigeuner im grünen Wagen war, sondern
ein Sohn Konsul Krögers, aus der Familie der Kröger . . .
Aber warum nannte Hans ihn Tonio, solange sie allein waren,
wenn er, kam ein dritter hinzu, anfing, sich seiner zu schämen? Zuweilen war er ihm nahe und gewonnen, ja. Auf

welche Weise verrät er ihn denn, Tonio? hatte er gefragt
und ihn untergefaßt. Aber als dann Jimmerthal gekommen
war, hatte er dennoch erleichtert aufgeatmet, hatte ihn verlassen und ihm ohne Not seinen fremden Rufnamen vorge-
worfen. Wie weh es tat, dies alles durchschauen zu müssen! 5
. . . Hans Hansen hatte ihn im Grunde ein wenig gern,
wenn sie unter sich waren, er wußte es. Aber kam ein dritter,
so schämte er sich dessen und opferte ihn auf. Und er war
wieder allein. Er dachte an König Philipp. Der König
hat geweint . . . 10
    „Gott bewahre," sagte Erwin Jimmerthal, „nun muß ich
aber wirklich zur Stadt! Adieu, ihr, und Dank für die
Fruchtbonbons!" Darauf sprang er auf eine Bank, die am
Wege stand, lief mit seinen krummen Beinen darauf entlang
und trabte davon. 15
    „Jimmerthal mag ich leiden!" sagte Hans mit Nachdruck.
Er hatte eine verwöhnte und selbstbewußte Art, seine Sym-
pathien und Abneigungen kundzugeben, sie gleichsam gnä-
digst zu verteilen . . . Und dann fuhr er fort, von der
Reitstunde zu sprechen, weil er einmal im Zuge war. Es war 20
auch nicht mehr so weit bis zum Hansenschen Wohnhause;
der Weg über die Wälle nahm nicht so viel Zeit in Anspruch.
Sie hielten ihre Mützen fest und beugten die Köpfe vor dem
starken, feuchten Wind, der in dem kahlen Geäst der Bäume
knarrte und stöhnte. Und Hans Hansen sprach, während 25
Tonio nur dann und wann ein künstliches Ach und Jaja ein-
fließen ließ, ohne Freude darüber, daß Hans ihn im Eifer der
Rede wieder untergefaßt hatte, denn das war nur eine
scheinbare Annäherung, ohne Bedeutung.
    Dann verließen sie die Wallanlagen unfern des Bahnhofes, 30
sahen einen Zug mit plumper Eilfertigkeit vorüberpuffen,
zählten zum Zeitvertreib die Wagen und winkten dem Manne
zu, der in seinen Pelz vermummt zuhöchst auf dem allerletzten saß. Und am Lindenplatze, vor Großhändler Han-

sens Villa, blieben sie stehen, und Hans zeigte ausführlich,
wie amüsant es sei, sich unten auf die Gartenpforte zu stellen
und sich in den Angeln hin und her zu schlenkern, daß es
nur so kreischte. Aber hierauf verabschiedete er sich.

5 „Ja, nun muß ich hinein," sagte er. „Adieu, Tonio. Das
nächste Mal begleite ich dich nach Hause, sei sicher."

„Adieu, Hans," sagte Tonio, „es war nett, spazieren zu
gehen."

Ihre Hände, die sich drückten, waren ganz naß und rostig
10 von der Gartenpforte. Als aber Hans in Tonios Augen sah,
entstand etwas wie reuiges Besinnen in seinem hübschen
Gesicht.

„Übrigens werde ich nächstens *Don Carlos* lesen!" sagte
er rasch. „Das mit dem König im Kabinett muß famos
15 sein!" Dann nahm er seine Mappe unter den Arm und lief
durch den Vorgarten. Bevor er im Hause verschwand,
nickte er noch einmal zurück.

Und Tonio Kröger ging ganz verklärt und beschwingt von
dannen. Der Wind trug ihn von hinten, aber es war nicht
20 darum allein, daß er so leicht von der Stelle kam.

Hans würde *Don Carlos* lesen, und dann würden sie
etwas miteinander haben, worüber weder Jimmerthal noch
irgend ein anderer mitreden konnte! Wie gut sie einander
verstanden! Wer wußte, — vielleicht brachte er ihn noch
25 dazu, ebenfalls Verse zu schreiben? . . . Nein, nein, das
wollte er nicht! Hans sollte nicht werden, wie Tonio, sondern bleiben, wie er war, so hell und stark, wie alle ihn liebten
und Tonio am meisten! Aber daß er *Don Carlos* las, würde
trotzdem nicht schaden . . . Und Tonio ging durch das
30 alte, untersetzte Tor, ging am Hafen entlang und die steile,
zugige und nasse Giebelgasse hinauf zum Haus seiner Eltern.
Damals lebte sein Herz: Sehnsucht war darin und schwermütiger Neid und ein klein wenig Verachtung und eine ganze
keusche Seligkeit.

II

DIE BLONDE Inge, Ingeborg Holm, Doktor Holms
Tochter, der am Markte wohnte, dort, wo hoch,
spitzig und vielfach der gotische Brunnen stand, sie war's,
die Tonio Kröger liebte, als er sechzehn Jahre alt war.

Wie geschah das? Er hatte sie tausendmal gesehen; an 5
einem Abend jedoch sah er sie in einer gewissen Beleuchtung,
sah, wie sie im Gespräch mit einer Freundin auf eine gewisse
übermütige Art lachend den Kopf zur Seite warf, auf eine
gewisse Art ihre Hand, eine gar nicht besonders schmale, gar
nicht besonders feine Klein-Mädchenhand zum Hinterkopfe 10
führte, wobei der weiße Gazeärmel von ihrem Ellenbogen
zurückglitt, hörte, wie sie ein Wort, ein gleichgültiges Wort,
auf eine gewisse Art betonte, wobei ein warmes Klingen in
ihrer Stimme war, und ein Entzücken ergriff sein Herz, weit
stärker als jenes, das er früher zuweilen empfunden hatte, 15
wenn er Hans Hansen betrachtete, damals, als er noch ein
kleiner, dummer Junge war.

An diesem Abend nahm er ihr Bild mit fort, mit dem
dicken, blonden Zopf, den länglich geschnittenen, lachenden,
blauen Augen und dem zart angedeuteten Sattel von Som- 20
mersprossen über der Nase, konnte nicht einschlafen, weil
er das Klingen in ihrer Stimme hörte, versuchte leise, die
Betonung nachzuahmen, mit der sie das gleichgültige Wort
ausgesprochen hatte und erschauerte dabei. Die Erfahrung
lehrte ihn, daß dies die Liebe sei. Aber obgleich er genau 25
wußte, daß die Liebe ihm viel Schmerz, Drangsal und Demütigung bringen müsse, daß sie überdies den Frieden zerstöre
und das Herz mit Melodien überfülle, ohne daß man Ruhe

13

fand, eine Sache rund zu formen und in Gelassenheit etwas
Ganzes daraus zu schmieden, so nahm er sie doch mit Freuden
auf, überließ sich ihr ganz und pflegte sie mit den Kräften
seines Gemütes, denn er wußte, daß sie reich und lebendig
5 mache, und er sehnte sich, reich und lebendig zu sein, statt
in Gelassenheit etwas Ganzes zu schmieden . . .

Dies, daß Tonio Kröger sich an die lustige Inge Holm
verlor, ereignete sich in dem ausgeräumten Salon der Konsulin Husteede, die es an jenem Abend traf, die Tanzstunde
10 zu geben; denn es war ein Privatkursus, an dem nur Ange-
hörige von ersten Familien teilnahmen, und man versam-
melte sich reihum in den elterlichen Häusern, um sich Unterricht in Tanz und Anstand erteilen zu lassen. Aber zu
diesem Behufe kam allwöchentlich Ballettmeister Knaak
15 eigens von Hamburg herbei.

François Knaak war sein Name, und was für ein Mann
war das! *„J'ai l'honneur de me vous représenter,"* sagte
er, *„mon nom est Knaak . . ."* Und dies spricht man
nicht aus, während man sich verbeugt, sondern wenn man
20 wieder aufrecht steht, — gedämpft und dennoch deutlich.
Man ist nicht täglich in der Lage, sich auf französisch vor-
stellen zu müssen, aber kann man es in dieser Sprache korrekt und tadellos, so wird es einem auf deutsch erst recht
nicht fehlen. Wie wunderbar der seidig schwarze Gehrock
25 sich an seine fetten Hüften schmiegte! In weichen Falten
fiel sein Beinkleid auf seine Lackschuhe hinab, die mit breiten
Atlasschleifen geschmückt waren, und seine braunen Augen
blickten mit einem müden Glück über ihre eigene Schönheit
umher . . .

30 Jedermann ward erdrückt durch das Übermaß seiner Sicherheit und Wohlanständigkeit. Er schritt — und niemand
schritt wie er, elastisch, wogend, wiegend, königlich — auf
die Herrin des Hauses zu, verbeugte sich und wartete, daß
man ihm die Hand reiche. Erhielt er sie, so dankte er mit

leiser Stimme dafür, trat federnd zurück, wandte sich auf
dem linken Fuße, schnellte den rechten mit niedergedrückter
Spitze seitwärts vom Boden ab und schritt mit bebenden
Hüften davon.

Man ging rückwärts und unter Verbeugungen zur Tür 5
hinaus, wenn man eine Gesellschaft verließ, man schleppte
einen Stuhl nicht herbei, indem man ihn an einem Bein
ergriff, oder am Boden entlang schleifte, sondern man trug
ihn leicht an der Lehne herzu und setzte ihn geräuschlos
nieder. Man stand nicht da, indem man die Hände auf dem 10
Bauch faltete und die Zunge in den Mundwinkel schob; tat
man es dennoch, so hatte Herr Knaak eine Art, es ebenso zu
machen, daß man für den Rest seines Lebens einen Ekel vor
dieser Haltung bewahrte . . .

Dies war der Anstand. Was aber den Tanz betraf, so 15
meisterte Herr Knaak ihn womöglich in noch höherem
Grade. In dem ausgeräumten Salon brannten die Gasflam-
men des Kronleuchters und die Kerzen auf dem Kamin.
Der Boden war mit Talkum bestreut, und in stummem
Halbkreise standen die Eleven umher. Aber jenseits der 20
Portieren, in der anstoßenden Stube, saßen auf Plüschstühlen
die Mütter und Tanten und betrachteten durch ihre Lor-
gnetten Herrn Knaak, wie er, in gebückter Haltung, den Saum
seines Gehrockes mit je zwei Fingern erfaßt hielt und mit
federnden Beinen die einzelnen Teile der Masurka demon- 25
strierte. Beabsichtigte er aber, sein Publikum gänzlich zu
verblüffen, so schnellte er sich plötzlich und ohne zwingenden
Grund vom Boden empor, indem er seine Beine mit verwir-
render Schnelligkeit in der Luft umeinander wirbelte, gleichsam mit denselben trillerte, worauf er mit einem gedämpften, 30
aber alles in seinen Festen erschütternden Plumps zu dieser
Erde zurückkehrte . . .

Was für ein unbegreiflicher Affe, dachte Tonio Kröger in
seinem Sinn. Aber er sah wohl, daß Inge Holm, die lustige

Inge, oft mit einem selbstvergessenen Lächeln Herrn Knaaks
Bewegungen verfolgte, und nicht dies allein war es, weshalb
alle diese wundervoll beherrschte Körperlichkeit ihm im
Grunde etwas wie Bewunderung abgewann. Wie ruhevoll
5 und unverwirrbar Herrn Knaaks Augen blickten! Sie sahen
nicht in die Dinge hinein, bis dorthin, wo sie kompliziert und
traurig werden; sie wußten nichts, als daß sie braun und
schön seien. Aber deshalb war seine Haltung so stolz!
Ja, man mußte dumm sein, um so schreiten zu können
10 wie er; und dann wurde man geliebt, denn man war
liebenswürdig. Er verstand es so gut, daß Inge, die
blonde, süße Inge, auf Herrn Knaak blickte, wie sie es
tat. Aber würde denn niemals ein Mädchen so auf ihn
selbst blicken?

15 O doch, das kam vor. Da war Magdalena Vermehren,
Rechtsanwalt Vermehrens Tochter, mit dem sanften Mund
und den großen, dunklen, blanken Augen voll Ernst und
Schwärmerei. Sie fiel oft hin beim Tanzen; aber sie kam
zu ihm bei der Damenwahl, sie wußte, daß er Verse dichtete,
20 sie hatte ihn zweimal gebeten, sie ihr zu zeigen, und oftmals
schaute sie ihn von weitem mit gesenktem Kopfe an. Aber
was sollte ihm das? Er, er liebte Inge Holm, die blonde,
lustige Inge, die ihn sicher darum verachtete, daß er poetische
Sachen schrieb . . . er sah sie an, sah ihre schmalgeschnit-
25 tenen, blauen Augen, die voll Glück und Spott waren, und
eine neidische Sehnsucht, ein herber, drängender Schmerz,
von ihr ausgeschlossen und ihr ewig fremd zu sein, saß in
seiner Brust und brannte . . .

„Erstes Paar *en avant!*" sagte Herr Knaak, und keine
30 Worte schildern, wie wunderbar der Mann den Nasallaut
hervorbrachte. Man übte Quadrille, und zu Tonio Krögers
tiefem Erschrecken befand er sich mit Inge Holm in ein und
demselben Karree. Er mied sie, wie er konnte, und dennoch
geriet er beständig in ihre Nähe; er wehrte seinen Augen,

sich ihr zu nahen, und dennoch traf sein Blick beständig auf
sie . . . Nun kam sie an der Hand des rotköpfigen Ferdi-
nand Matthiessen gleitend und laufend herbei, warf den
Zopf zurück und stellte sich aufatmend ihm gegenüber,
Herr Heinzelmann, der Klavierspieler, griff mit seinen 5
knochigen Händen in die Tasten, Herr Knaak kommandierte,
die Quadrille begann.

Sie bewegte sich vor ihm hin und her, vorwärts und rückwärts, schreitend und drehend, ein Duft, der von ihrem
Haar oder dem zarten, weißen Stoff ihres Kleides ausging, 10
berührte ihn manchmal, und seine Augen trübten sich mehr
und mehr. Ich liebe dich, liebe, süße Inge, sagte er innerlich,
und er legte in diese Worte seinen ganzen Schmerz darüber,
daß sie so eifrig und lustig bei der Sache war und sein nicht
achtete. Ein wunderschönes Gedicht von Storm fiel ihm 15
ein: „Ich möchte schlafen; aber du mußt tanzen.“ Der
demütigende Widersinn quälte ihn, der darin lag, tanzen zu
müssen, während man liebte . . .

„Erstes Paar *en avant!* “ sagte Herr Knaak, denn es
kam eine neue Tour. „*Compliment! Moulinet des dames!* 20
Tour de main!“ Und niemand beschreibt, auf welch
graziöse Art er das stumme e vom „*de*“ verschluckte.

„Zweites Paar *en avant!*“ Tonio Kröger und seine Dame
waren daran. „*Compliment!*“ Und Tonio Kröger verbeugte sich. „*Moulinet des dames!*“ Und Tonio Kröger, 25
mit gesenktem Kopfe und finsteren Brauen legte seine Hand
auf die Hände der vier Damen, auf die Inge Holms, und
tanzte „*moulinet.*“

Ringsum entstand ein Kichern und Lachen. Herr Knaak
fiel in eine Ballettpose, welche ein stilisiertes Entsetzen aus- 30
drückte. „O weh!“ rief er. „Halt, halt! Kröger ist unter
die Damen geraten! *En arrière*, Fräulein Kröger, zurück,
fi donc! Alle haben es nun verstanden, nur Sie nicht.
Husch! Fort! Zurück mit Ihnen!“ Und er zog sein gelb-

seidenes Taschentuch und scheuchte Tonio Kröger damit an
seinen Platz zurück.

Alles lachte, die Jungen, die Mädchen und die Damen
jenseits der Portieren, denn Herr Knaak hatte etwas gar zu
5 Drolliges aus dem Zwischenfall gemacht, und man amüsierte
sich wie im Theater. Nur Herr Heinzelmann wartete mit
trockener Geschäftsmiene auf das Zeichen zum Weiterspielen,
denn er war abgehärtet gegen Herrn Knaaks Wirkungen.

Dann ward die Quadrille fortgesetzt. Und dann war Pause.
10 Das Folgmädchen klirrte mit einem Teebrett voll Weingelee-
gläsern zur Tür herein, und die Köchin folgte mit einer
Ladung Plumcake in ihrem Kielwasser. Aber Tonio Kröger
stahl sich fort, ging heimlich auf den Korridor hinaus und
stellte sich dort, die Hände auf dem Rücken, vor ein Fenster
15 mit herabgelassener Jalousie, ohne zu bedenken, daß man
durch diese Jalousie gar nichts sehen konnte, und daß es also
lächerlich sei, davorzustehen und zu tun, als blicke man hinaus.

Er blickte aber in sich hinein, wo so viel Gram und Sehnsucht war. Warum, warum war er hier? Warum saß er
20 nicht in seiner Stube am Fenster und las in Storms *Immensee* und blickte hie und da in den abendlichen Garten hinaus, wo der alte Walnußbaum schwerfällig knarrte? Das
wäre sein Platz gewesen. Mochten die anderen tanzen und
frisch und geschickt bei der Sache sein! ... Nein, nein,
25 sein Platz war dennoch hier, wo er sich in Inges Nähe wußte,
wenn er auch nur einsam von ferne stand und versuchte, in
dem Summen, Klirren und Lachen dort drinnen ihre Stimme
zu unterscheiden, in welcher es klang von warmem Leben.
Deine länglich geschnittenen, blauen lachenden Augen, du
30 blonde Inge! So schön und heiter wie du kann man nur
sein, wenn man nicht *Immensee* liest und niemals versucht,
selbst dergleichen zu machen; das ist das Traurige! ...

Sie müßte kommen! Sie müßte bemerken, daß er fort
war, müßte fühlen, wie es um ihn stand, müßte ihm heimlich

folgen, wenn auch nur aus Mitleid, ihm ihre Hand auf die
Schulter legen und sagen: Komm herein zu uns, sei froh,
ich liebe dich. Und er horchte hinter sich und wartete in
unvernünftiger Spannung, daß sie kommen möge. Aber sie
kam keineswegs. Dergleichen geschah nicht auf Erden.   5
   Hatte auch sie ihn verlacht, gleich allen anderen? Ja,
das hatte sie getan, so gern er es ihret- und seinetwegen
geleugnet hätte. Und doch hatte er nur aus Versunkenheit
in ihre Nähe „*moulinet des dames*" mitgetanzt. Und was
verschlug das? Man würde vielleicht einmal aufhören zu 10
lachen! Hatte etwa nicht kürzlich eine Zeitschrift ein
Gedicht von ihm angenommen, wenn sie dann auch wieder
eingegangen war, bevor das Gedicht hatte erscheinen können? Es kam der Tag, wo er berühmt war, wo alles gedruckt
wurde, was er schrieb, und dann würde man sehen, ob es 15
nicht Eindruck auf Inge Holm machen würde ... Es würde
keinen Eindruck machen, nein, das war es ja. Auf Magdalena Vermehren, die immer hinfiel, ja, auf die. Aber
niemals auf Inge Holm, niemals auf die blauäugige, lustige
Inge. Und war es also nicht vergebens? ...   20
   Tonio Krögers Herz zog sich schmerzlich zusammen bei
diesem Gedanken. Zu fühlen, wie wunderbare spielende
und schwermütige Kräfte sich in dir regen, und dabei zu
wissen, daß diejenigen, zu denen du dich hinübersehnst,
ihnen in heiterer Unzugänglichkeit gegenüberstehen, das tut 25
sehr weh. Aber obgleich er einsam, ausgeschlossen und
ohne Hoffnung vor einer geschlossenen Jalousie stand und
in seinem Kummer tat, als könne er hindurchblicken, so war
er dennoch glücklich. Denn damals lebte sein Herz. Warm
und traurig schlug es für dich, Ingeborg Holm, und seine 30
Seele umfaßte deine blonde, lichte und übermütig gewöhn-
liche kleine Persönlichkeit in seliger Selbstverleugnung.
   Mehr als einmal stand er mit erhitztem Angesicht an ein-
samen Stellen, wohin Musik, Blumenduft und Gläsergeklirr

nur leise drangen, und suchte in dem fernen Festgeräusch
deine klingende Stimme zu unterscheiden, stand in Schmerzen um dich und war dennoch glücklich. Mehr als einmal
kränkte es ihn, daß er mit Magdalena Vermehren, die immer
5 hinfiel, sprechen konnte, daß sie ihn verstand und mit ihm
lachte und ernst war, während die blonde Inge, saß er auch
neben ihr, ihm fern und fremd und befremdet erschien, denn
seine Sprache war nicht ihre Sprache; und dennoch war er
glücklich. Denn das Glück, sagte er sich, ist nicht, geliebt
10 zu werden; das ist eine mit Ekel gemischte Genugtuung für
die Eitelkeit. Das Glück ist, zu lieben und vielleicht kleine
trügerische Annäherungen an den geliebten Gegenstand zu
erhaschen. Und er schrieb diesen Gedanken innerlich auf,
dachte ihn völlig aus und empfand ihn bis auf den Grund.

15 Treue! dachte Tonio Kröger. Ich will treu sein und
dich lieben, Ingeborg, solange ich lebe! So wohlmeinend
war er. Und dennoch flüsterte in ihm eine leise Furcht und
Trauer, daß er ja auch Hans Hansen ganz und gar vergessen
habe, obgleich er ihn täglich sah. Und es war das Häßliche
20 und Erbärmliche, daß diese leise und ein wenig hämische
Stimme recht behielt, daß die Zeit verging und Tage kamen,
da Tonio Kröger nicht mehr so unbedingt wie ehemals für
die lustige Inge zu sterben bereit war, weil er Lust und
Kräfte in sich fühlte, auf seine Art in der Welt eine Menge
25 des Merkwürdigen zu leisten.

Und er umkreiste behutsam den Opferaltar, auf dem die
lautere und keusche Flamme seiner Liebe loderte, kniete
davor und schürte und nährte sie auf alle Weise, weil er treu
sein wollte. Und über eine Weile, unmerklich, ohne Auf-
30 sehen und Geräusch, war sie dennoch erloschen.

Aber Tonio Kröger stand noch eine Zeitlang vor dem
erkalteten Altar, voll Staunen und Enttäuschung darüber,
daß Treue auf Erden unmöglich war. Dann zuckte er die
Achseln und ging seiner Wege.

III

E R GING den Weg, den er gehen mußte, ein wenig nachlässig und ungleichmäßig, vor sich hinpfeifend, mit
seitwärts geneigtem Kopfe ins Weite blickend, und wenn er
irre ging, so geschah es, weil es für etliche einen richtigen
Weg überhaupt nicht gibt. Fragte man ihn, was in aller 5
Welt er zu werden gedachte, so erteilte er wechselnde Auskunft, denn er pflegte zu sagen (und hatte es auch bereits
aufgeschrieben), daß er die Möglichkeiten zu tausend Da-
seinsformen in sich trage, zusammen mit dem heimlichen
Bewußtsein, daß es im Grunde lauter Unmöglichkeiten 10
seien . . .

Schon bevor er von der engen Vaterstadt schied, hatten
sich leise die Klammern und Fäden gelöst, mit denen sie ihn
hielt. Die alte Familie der Kröger war nach und nach in
einen Zustand des Abbröckelns und der Zersetzung geraten, 15
und die Leute hatten Grund, Tonio Krögers eigenes Sein
und Wesen ebenfalls zu den Merkmalen dieses Zustandes zu
rechnen. Seines Vaters Mutter war gestorben, das Haupt
des Geschlechtes, und nicht lange darauf, so folgte sein Vater,
der lange, sinnende, sorgfältig gekleidete Herr mit der Feld- 20
blume im Knopfloch, ihr im Tode nach. Das große Krö-
gersche Haus stand mitsamt seiner würdigen Geschichte zum
Verkaufe, und die Firma ward ausgelöscht. Tonios Mutter
jedoch, seine schöne feurige Mutter, die so wunderbar den
Flügel und die Mandoline spielte und der alles ganz einerlei 25
war, vermählte sich nach Jahresfrist aufs neue, und zwar
mit einem Musiker, einem Virtuosen mit italienischem
Namen, dem sie in blaue Fernen folgte. Tonio Kröger fand

21

dies ein wenig liederlich; aber war er berufen, es ihr zu
wehren? Er schrieb Verse und konnte nicht einmal beantworten, was in aller Welt er zu werden gedachte . . .

Und er verließ die winklige Heimatstadt, um deren Giebel
5 der feuchte Wind pfiff, verließ den Springbrunnen und den
alten Walnußbaum im Garten, die Vertrauten seiner Jugend,
verließ auch das Meer, das er so sehr liebte, und empfand
keinen Schmerz dabei. Denn er war groß und klug geworden, hatte begriffen, was für eine Bewandtnis es mit ihm
10 hatte, und war voller Spott für das plumpe und niedrige
Dasein, das ihn so lange in seiner Mitte gehalten hatte.

Er ergab sich ganz der Macht, die ihm als die erhabenste
auf Erden erschien, zu deren Dienst er sich berufen fühlte
und die ihm Hoheit und Ehren versprach, der Macht des
15 Geistes und Wortes, die lächelnd über dem unbewußten und
stummen Leben thront. Mit seiner jungen Leidenschaft
ergab er sich ihr, und sie lohnte ihm mit allem, was sie zu
schenken hat, und nahm ihm unerbittlich all das, was sie als
Entgelt dafür zu nehmen pflegt.

20 Sie schärfte seinen Blick und ließ ihn die großen Wörter
durchschauen, die der Menschen Busen blähen, sie erschloß
ihm der Menschen Seelen und seine eigene, machte ihn hellsehend und zeigte ihm das Innere der Welt und alles letzte,
was hinter den Worten und Taten ist. Was er aber sah,
25 war dies: Komik und Elend — Komik und Elend.

Da kam, mit der Qual und dem Hochmut der Erkenntnis,
die Einsamkeit, weil es ihn im Kreise der Harmlosen mit
dem fröhlich dunklen Sinn nicht litt und das Mal an seiner
Stirn sie verstörte. Aber mehr und mehr versüßte sich ihm
30 auch die Lust am Worte und der Form, denn er pflegte zu
sagen (und hatte es auch bereits aufgeschrieben), daß die
Kenntnis der Seele allein unfehlbar trübsinnig machen würde,
wenn nicht die Vergnügungen des Ausdrucks uns wach und
munter erhielten . . .

Er lebte in großen Städten und im Süden, von dessen Sonne er sich ein üppigeres Reifen seiner Kunst versprach; und vielleicht war es das Blut seiner Mütter, welches ihn dorthin zog. Aber da sein Herz tot und ohne Liebe war, so geriet er in Abenteuer des Fleisches, stieg tief hinab in Wol- 5 lust und heiße Schuld und litt unsäglich dabei. Vielleicht war es das Erbteil seines Vaters in ihm, des langen, sinnenden, reinlich gekleideten Mannes mit der Feldblume im Knopfloch, das ihn dort unten so leiden machte und manchmal eine schwache, sehnsüchtige Erinnerung in ihm sich regen 10 ließ an eine Lust der Seele, die einstmals sein eigen gewesen war und die er in allen Lüsten nicht wiederfand.

Ein Ekel und Haß gegen die Sinne erfaßte ihn und ein Lechzen nach Reinheit und wohlanständigem Frieden, während er doch die Luft der Kunst atmete, die laue und 15 süße, duftgeschwängerte Luft eines beständigen Frühlings, in der es treibt und braut und keimt in heimlicher Zeugungswonne. So kam es nur dahin, daß er, haltlos zwischen krassen Extremen, zwischen eisiger Geistigkeit und verzehrender Sinnenglut hin- und hergeworfen, unter Gewissensnöten ein 20 erschöpfendes Leben führte, ein ausbündiges, ausschweifendes und außerordentliches Leben, das er, Tonio Kröger, im Grunde verabscheute. Welch Irrgang! dachte er zuweilen. Wie war es nur möglich, daß ich in alle diese exzentrischen Abenteuer geriet? Ich bin doch kein Zigeuner im 25 grünen Wagen, von Hause aus . . .

Aber in dem Maße, wie seine Gesundheit geschwächt ward, verschärfte sich seine Künstlerschaft, ward wählerisch, erlesen, kostbar, fein, reizbar gegen das Banale und aufs höchste empfindlich in Fragen des Taktes und Geschmacks. 30 Als er zum ersten Male hervortrat, wurde unter denen, die es anging, viel Beifall und Freude laut, denn es war ein wertvoll gearbeitetes Ding, was er geliefert hatte, voll Humor und Kenntnis des Leidens. Und schnell ward sein Name,

derselbe, mit dem ihn einst seine Lehrer scheltend gerufen
hatten, derselbe, mit dem er seine ersten Reime an den
Walnußbaum, den Springbrunnen und das Meer unterzeich-
net hatte, dieser aus Süd und Nord zusammengesetzte Klang,
5 dieser exotisch angehauchte Bürgersname zu einer Formel,
die Vortreffliches bezeichnete; denn der schmerzlichen
Gründlichkeit seiner Erfahrungen gesellte sich ein seltener,
zäh ausharrender und ehrsüchtiger Fleiß, der im Kampf mit
der wählerischen Reizbarkeit seines Geschmacks unter hef-
10 tigen Qualen ungewöhnliche Werke entstehen ließ.

Er arbeitete nicht wie jemand, der arbeitet, um zu leben,
sondern wie einer, der nichts will, als arbeiten, weil er sich
als lebendigen Menschen für nichts achtet, nur als Schaffender in Betracht zu kommen wünscht und im übrigen grau
15 und unauffällig umhergeht, wie ein abgeschminkter Schauspieler, der nichts ist, solange er nichts darzustellen hat.
Er arbeitete stumm, abgeschlossen, unsichtbar und voller
Verachtung für jene Kleinen, denen das Talent ein geselliger
Schmuck war, die, ob sie nun arm oder reich waren, wild und
20 abgerissen einhergingen oder mit persönlichen Krawatten
Luxus trieben, in erster Linie glücklich, liebenswürdig und
künstlerisch zu leben bedacht waren, unwissend darüber,
daß gute Werke nur unter dem Druck eines schlimmen
Lebens entstehen, daß, wer lebt, nicht arbeitet, und daß man
25 gestorben sein muß, um ganz ein Schaffender zu sein.

IV

"STÖRE ICH?" fragte Tonio Kröger auf der Schwelle des
Ateliers. Er hielt seinen Hut in der Hand und verbeugte sich sogar ein wenig, obgleich Lisaweta Iwanowna
seine Freundin war, der er alles sagte.

"Erbarmen Sie sich, Tonio Kröger, und kommen Sie ohne 5
Zeremonien herein!" antwortete sie mit ihrer hüpfenden
Betonung. "Es ist bekannt, daß Sie eine gute Kinderstube
genossen haben und wissen, was sich schickt." Dabei
steckte sie ihren Pinsel zu der Palette in die linke Hand,
reichte ihm die rechte und blickte ihm lachend und kopf- 10
schüttelnd ins Gesicht.

"Ja, aber Sie arbeiten," sagte er. "Lassen Sie sehen . . .
O, Sie sind vorwärts gekommen." Und er betrachtete
abwechselnd die farbigen Skizzen, die zu beiden Seiten der
Staffelei auf Stühlen lehnten, und die große, mit einem 15
quadratischen Liniennetz überzogene Leinwand, auf welcher
in dem verworrenen und schemenhaften Kohleentwurf die
ersten Farbflecke aufzutauchen begannen.

Es war in München, in einem Rückgebäude der Schellingstraße, mehrere Stiegen hoch. Draußen, hinter dem breiten 20
Nordlicht-Fenster, herrschte Himmelsblau, Vogelgezwitscher
und Sonnenschein, und des Frühlings junger, süßer Atem,
der durch eine offene Klappe hereinströmte, vermischte sich
mit dem Geruch von Fixativ und Ölfarbe, der den weiten
Arbeitsraum erfüllte. Ungehindert überflutete das goldige 25
Licht des hellen Nachmittags die weitläufige Kahlheit des
Ateliers, beschien freimütig den ein wenig schadhaften Fuß-
boden, den rohen, mit Fläschchen, Tuben und Pinseln be-

deckten Tisch unterm Fenster und die ungerahmten Studien
an den untapezierten Wänden, beschien den Wandschirm
aus rissiger Seide, der in der Nähe der Tür einen kleinen, stilvoll möblierten Wohn- und Mußewinkel begrenzte,
5 beschien das werdende Werk auf der Staffelei und davor die
Malerin und den Dichter.

Sie mochte etwa so alt sein wie er, nämlich ein wenig
jenseits der Dreißig. In ihrem dunkelblauen, fleckigen
Schürzenkleide saß sie auf einem niedrigen Schemel und
10 stützte das Kinn in die Hand. Ihr braunes Haar, fest
frisiert und an den Seiten schon leicht ergraut, bedeckte in
leisen Scheitelwellen ihre Schläfen und gab den Rahmen zu
ihrem brünetten, slawisch geformten, unendlich sympa-
thischen Gesicht mit der Stumpfnase, den scharf heraus-
15 gearbeiteten Wangenknochen und den kleinen, schwarzen, blanken Augen. Gespannt, mißtrauisch und gleichsam
gereizt musterte sie schiefen und gekniffenen Blicks ihre
Arbeit . . .

Er stand neben ihr, hielt die rechte Hand in die Hüfte
20 gestemmt und drehte mit der Linken eilig an seinem braunen
Schnurrbart. Seine schrägen Brauen waren in einer finsteren
und angestrengten Bewegung, wobei er leise vor sich hinpfiff, wie gewöhnlich. Er war äußerst sorgfältig und gediegen gekleidet, in einen Anzug von ruhigem Grau und reser-
25 viertem Schnitt. Aber in seiner durcharbeiteten Stirn, über
der sein dunkles Haar so außerordentlich simpel und korrekt
sich scheitelte, war ein nervöses Zucken, und die Züge seines südlich geschnittenen Gesichts waren schon scharf, von
einem harten Griffel gleichsam nachgezogen und ausgeprägt,
30 während doch sein Mund so sanft umrissen, sein Kinn so
weich gebildet erschien . . . Nach einer Weile strich er mit
der Hand über Stirn und Augen und wandte sich ab.

„Ich hätte nicht kommen sollen," sagte er.

„Warum hätten Sie nicht, Tonio Kröger?"

„Eben stehe ich von meiner Arbeit auf, Lisaweta, und in
meinem Kopf sieht es genau aus wie auf dieser Leinwand.
Ein Gerüst, ein blasser, von Korrekturen beschmutzter Entwurf und ein paar Farbflecke, ja ; und nun komme ich hierher
und sehe dasselbe. Und auch den Konflikt und Gegensatz 5
finde ich hier wieder," sagte er und schnupperte in die Luft,
„der mich zu Hause quälte. Seltsam ist es. Beherrscht
dich ein Gedanke, so findest du ihn überall ausgedrückt, du
riechst ihn sogar im Winde. Fixativ und Frühlingsaroma,
nicht wahr? Kunst und — ja, was ist das Andere? Sagen 10
Sie nicht ‚Natur‘, Lisaweta, ‚Natur‘ ist nicht erschöpfend.
Ach, nein, ich hätte wohl lieber spazieren gehen sollen,
obgleich es die Frage ist, ob ich mich dabei wohler befunden
hätte ! Vor fünf Minuten, nicht weit von hier, traf ich
einen Kollegen, Adalbert, den Novellisten, ‚Gott verdamme 15
den Frühling !‘ sagte er in seinem aggressiven Stil. ‚Er ist
und bleibt die gräßlichste Jahreszeit ! Können Sie einen
vernünftigen Gedanken fassen, Kröger, können Sie die
kleinste Pointe und Wirkung in Gelassenheit ausarbeiten,
wenn es Ihnen auf eine unanständige Weise im Blute kribbelt 20
und eine Menge von unzugehörigen Sensationen Sie beunruhigt, die, sobald Sie sie prüfen, sich als ausgemacht triviales
und gänzlich unbrauchbares Zeug entpuppen? Was mich
betrifft, so gehe ich nun ins Café. Das ist neutrales, vom
Wechsel der Jahreszeiten unberührtes Gebiet, wissen Sie, 25
das stellt sozusagen die entrückte und erhabene Sphäre des
Literarischen dar, in der man nur vornehmerer Einfälle
fähig ist . . .‘ Und er ging ins Café ; und vielleicht hätte
ich mitgehen sollen."

Lisaweta amüsierte sich. 30
„Das ist gut, Tonio Kröger. Das mit dem ‚unanständigen
Kribbeln‘ ist gut. Und er hat ja gewissermaßen recht, denn
mit dem Arbeiten ist es wirklich nicht sonderlich bestellt im
Frühling. Aber nun geben Sie acht. Nun mache ich trotz-

dem noch diese kleine Sache hier, diese kleine Pointe und
Wirkung, wie Adalbert sagen würde. Nachher gehen wir in
den ‚Salon' und trinken Tee, und Sie sprechen sich aus;
denn das sehe ich genau, daß Sie heute geladen sind. Bis
5 dahin gruppieren Sie sich wohl irgendwo, zum Beispiel auf
der Kiste da, wenn Sie nicht für Ihre Patrizier-Gewänder
fürchten . . ."

„Ach, lassen Sie mich mit meinen Gewändern in Ruh,
Lisaweta Iwanowna! Wünschten Sie, daß ich in einer zer-
10 rissenen Sammetjacke oder einer rotseidenen Weste umher-
liefe? Man ist als Künstler innerlich immer Abenteurer
genug. Äußerlich soll man sich gut anziehen, zum Teufel,
und sich benehmen wie ein anständiger Mensch . . . Nein,
geladen bin ich nicht," sagte er und sah zu, wie sie auf der
15 Palette eine Mischung bereitete. „Sie hören ja, daß es nur
ein Problem und Gegensatz ist, was mir im Sinne liegt und
mich bei der Arbeit störte . . . Ja, wovon sprachen wir
eben? Von Adalbert, dem Novellisten, und was für ein
stolzer und fester Mann er ist. ‚Der Frühling ist die gräß-
20 lichste Jahreszeit', sagte er und ging ins Café. Denn man
muß wissen, was man will, nicht wahr? Sehen Sie, auch
mich macht der Frühling nervös, auch mich setzt die holde
Trivialität der Erinnerungen und Empfindungen, die er
erweckt, in Verwirrung; nur, daß ich es nicht über mich
25 gewinne, ihn dafür zu schelten und zu verachten; denn die
Sache ist die, daß ich mich vor ihm schäme, mich schäme vor
seiner reinen Natürlichkeit und seiner siegenden Jugend.
Und ich weiß nicht, ob ich Adalbert beneiden oder gering-
schätzen soll, dafür, daß er nichts davon weiß . . .

30 „Man arbeitet schlecht im Frühling, gewiß, und warum?
Weil man empfindet. Und weil der ein Stümper ist, der
glaubt, der Schaffende dürfe empfinden. Jeder echte und
aufrichtige Künstler lächelt über die Naivität dieses Pfuscher-
Irrtums, melancholisch vielleicht, aber er lächelt. Denn das,

was man sagt, darf ja niemals die Hauptsache sein, sondern nur das an und für sich gleichgültige Material, aus dem das ästhetische Gebilde in spielender und gelassener Überlegenheit zusammenzusetzen ist. Liegt Ihnen zu viel an dem, was Sie zu sagen haben, schlägt Ihr Herz zu warm dafür, so 5 können Sie eines vollständigen Fiaskos sicher sein. Sie werden pathetisch, Sie werden sentimental, etwas Schwerfälliges, Täppisch-Ernstes, Unbeherrschtes, Unironisches, Ungewürztes, Langweiliges, Banales entsteht unter Ihren Händen, und nichts als Gleichgültigkeit bei den Leuten, 10 nichts als Enttäuschung und Jammer bei Ihnen selbst ist das Ende . . . Denn so ist es ja, Lisaweta: Das Gefühl, das warme, herzliche Gefühl ist immer banal und unbrauchbar, und künstlerisch sind bloß die Gereiztheiten und kalten Ekstasen unseres verdorbenen, unseres artistischen Nerven- 15 systems. Es ist nötig, daß man irgend etwas Außermenschliches und Unmenschliches sei, daß man zum Menschlichen in einem seltsam fernen und unbeteiligten Verhältnis stehe, um imstande und überhaupt versucht zu sein, es zu spielen, damit zu spielen, es wirksam und geschmackvoll darzu- 20 stellen. Die Begabung für Stil, Form und Ausdruck setzt bereits dies kühle und wählerische Verhältnis zum Menschlichen, ja, eine gewisse menschliche Verarmung und Verödung voraus. Denn das gesunde und starke Gefühl, dabei bleibt es, hat keinen Geschmack. Es ist aus mit dem Künstler, 25 sobald er Mensch wird und zu empfinden beginnt. Das wußte Adalbert, und darum begab er sich ins Café, in die ‚entrückte Sphäre‘, jawohl!"

„Nun, Gott mit ihm, *Batuschka*," sagte Lisaweta und wusch sich die Hände in einer Blechwanne; „Sie brauchen 30 ihm ja nicht zu folgen."

„Nein, Lisaweta, ich folge ihm nicht, und zwar einzig, weil ich hie und da imstande bin, mich vor dem Frühling meines Künstlertums ein wenig zu schämen. Sehen Sie, zuweilen erhalte ich Briefe von fremder Hand, Lob- und Dankschreiben aus meinem Publikum, bewunderungsvolle Zuschriften ergriffener Leute. Ich lese diese Zuschriften, und Rührung beschleicht mich angesichts des warmen und unbeholfenen 5 menschlichen Gefühls, das meine Kunst hier bewirkt hat, eine Art von Mitleid faßt mich an gegenüber der begeisterten Naivität, die aus den Zeilen spricht, und ich erröte bei dem Gedanken, wie sehr dieser redliche Mensch ernüchtert sein müßte, wenn er je einen Blick hinter die Kulissen täte, wenn 10 seine Unschuld je begriffe, daß ein rechtschaffener, gesunder und anständiger Mensch überhaupt nicht schreibt, mimt, komponiert . . . was alles ja nicht hindert, daß ich seine Bewunderung für mein Genie benütze, um mich zu steigern und zu stimulieren, daß ich sie gewaltig ernst nehme und ein 15 Gesicht dazu mache wie ein Affe, der den großen Mann spielt . . . Ach, reden Sie mir nicht darein, Lisaweta! Ich sage Ihnen, daß ich es oft sterbensmüde bin, das Menschliche darzustellen, ohne am Menschlichen teilzuhaben . . . Ist der Künstler überhaupt ein Mann? Man frage ,das 20 Weib‘ danach! Mir scheint, wir Künstler teilen alle ein wenig das Schicksal jener präparierten päpstlichen Sänger . . . Wir singen ganz rührend schön. Jedoch —“

„Sie sollten sich ein bißchen schämen, Tonio Kröger. Kommen Sie nun zum Tee. Das Wasser wird gleich kochen, 25 und hier sind *Papyros*. Beim Sopransingen waren Sie stehen geblieben; und fahren Sie da nur fort. Aber schämen sollten Sie sich. Wenn ich nicht wüßte, mit welch stolzer Leidenschaft Sie Ihrem Berufe ergeben sind . . .“

„Sagen Sie nichts von ,Beruf‘, Lisaweta Iwanowna! Die 30 Literatur ist überhaupt kein Beruf, sondern ein Fluch, — damit Sie’s wissen. Wann beginnt er fühlbar zu werden, dieser Fluch? Früh, schrecklich früh. Zu einer Zeit, da man billig noch in Frieden und Eintracht mit Gott und der Welt leben sollte. Sie fangen an, sich gezeichnet, sich in

einem rätselhaften Gegensatz zu den anderen, den Gewöhnlichen, den Ordentlichen zu fühlen, der Abgrund von Ironie,
Unglaube, Opposition, Erkenntnis, Gefühl, der Sie von den
Menschen trennt, klafft tiefer und tiefer, Sie sind einsam,
und fortan gibt es keine Verständigung mehr. Was für ein 5
Schicksal! Gesetzt, daß das Herz lebendig genug, liebevoll
genug geblieben ist, es als furchtbar zu empfinden! . . .
Ihr Selbstbewußtsein entzündet sich, weil Sie unter Tausenden das Zeichen an ihrer Stirne spüren und fühlen, daß es
niemandem entgeht. Ich kannte einen Schauspieler von 10
Genie, der als Mensch mit einer krankhaften Befangenheit
und Haltlosigkeit zu kämpfen hatte. Sein überreiztes Ichgefühl zusammen mit dem Mangel an Rolle, an darstellerischer Aufgabe, bewirkten das bei diesem vollkommenen
Künstler und verarmten Menschen . . . Einen Künstler, 15
einen wirklichen, nicht einen, dessen bürgerlicher Beruf die
Kunst ist, sondern einen vorbestimmten und verdammten,
ersehen Sie mit geringem Scharfblick aus einer Menschenmasse. Das Gefühl der Separation und Unzugehörigkeit,
des Erkannt- und Beobachtetseins, etwas zugleich König- 20
liches und Verlegenes ist in seinem Gesicht. In den Zügen
eines Fürsten, der in Zivil durch die Volksmenge schreitet,
kann man etwas Ähnliches beobachten. Aber da hilft kein
Zivil, Lisaweta! Verkleiden Sie sich, vermummen Sie sich,
ziehen Sie sich an wie ein Attaché oder ein Gardeleutnant in 25
Urlaub: Sie werden kaum die Augen aufzuschlagen und ein
Wort zu sprechen brauchen, und jedermann wird wissen,
daß Sie kein Mensch sind, sondern irgend etwas Fremdes,
Befremdendes, Anderes . . .

„Aber was ist der Künstler? Vor keiner Frage hat die 30
Bequemlichkeit und Erkenntnisträgheit der Menschheit sich
zäher erwiesen als vor dieser. ‚Dergleichen ist Gabe‘, sagen
demütig die braven Leute, die unter der Wirkung eines
Künstlers stehen, und weil heitere und erhabene Wirkungen

nach ihrer gutmütigen Meinung ganz unbedingt auch heitere
und erhabene Ursprünge haben müssen, so argwöhnt niemand, daß es sich hier vielleicht um eine äußerst schlimm
bedingte, äußerst fragwürdige ‚Gabe‘ handelt . . . Man
5 weiß, daß Künstler leicht verletzlich sind,— nun, man weiß
auch, daß dies bei Leuten mit gutem Gewissen und solid
gegründetem Selbstgefühl nicht zuzutreffen pflegt . . . Sehen Sie, Lisaweta, ich hege auf dem Grunde meiner Seele
— ins Geistige übertragen — gegen den Typus des Künstlers
10 den ganzen Verdacht, den jeder meiner ehrenfesten Vorfahren droben in der engen Stadt irgend einem Gaukler und
abenteuernden Artisten entgegengebracht hätte, der in sein
Haus gekommen wäre. Hören Sie folgendes. Ich kenne
einen Bankier, einen ergrauten Geschäftsmann, der die Gabe
15 besitzt, Novellen zu schreiben. Er macht von dieser Gabe
in seinen Mußestunden Gebrauch, und seine Arbeiten sind
manchmal ganz ausgezeichnet. Trotz — ich sage ‚trotz‘ —
dieser süblimen Veranlagung ist dieser Mann nicht völlig
unbescholten; er hat im Gegenteil bereits eine schwere Frei-
20 heitsstrafe zu verbüßen gehabt, und zwar aus triftigen Gründen. Ja, es geschah ganz eigentlich erst in der Strafanstalt,
daß er seiner Begabung inne wurde, und seine Sträflingser-
fahrungen bilden das Grundmotiv in allen seinen Produk-
tionen. Man könnte daraus, mit einiger Keckheit, folgern,
25 daß es nötig sei, in irgend einer Art von Strafanstalt zu Hause
zu sein, um zum Dichter zu werden. Aber drängt sich nicht
der Verdacht auf, daß seine Erlebnisse im Zuchthause weniger
innig mit den Wurzeln und Ursprüngen seiner Künstlerschaft
verwachsen gewesen sein möchten, als das, was ihn hin-
30 einbrachte —? Ein Bankier, der Novellen dichtet, das
ist eine Rarität, nicht wahr? Aber ein nicht krimineller, ein
unbescholtener und solider Bankier, welcher Novellen dichtete, — das kommt nicht vor . . . Ja, da lachen Sie
nun, und dennoch scherze ich nur halb und halb. Kein

Problem, keines in der Welt, ist quälender, als das vom
Künstlertum und seiner menschlichen Wirkung. Nehmen
Sie das wunderartigste Gebilde des typischsten und darum
mächtigsten Künstlers, nehmen Sie ein so morbides und tief
zweideutiges Werk wie *Tristan und Isolde* und beobachten 5
Sie die Wirkung, die dieses Werk auf einen jungen, gesunden,
stark normal empfindenden Menschen ausübt. Sie sehen
Gehobenheit, Gestärktheit, warme, rechtschaffene Begeisterung, Angeregtheit vielleicht zu eigenem ‚künstlerischen‘
Schaffen . . . Der gute Dilettant! In uns Künstlern sieht 10
es gründlich anders aus, als er mit seinem ‚warmen Herzen‘
und ‚ehrlichen Enthusiasmus‘ sich träumen mag. Ich habe
Künstler von Frauen und Jünglingen umschwärmt und um-
jubelt gesehen, während ich über sie wußte . . . Man
macht, was die Herkunft, die Miterscheinungen und Be- 15
dingungen des Künstlertums betrifft, immer wieder die
merkwürdigsten Erfahrungen . . .‘‘
    „An anderen, Tonio Kröger — verzeihen Sie — oder nicht
nur an anderen?‘‘
    Er schwieg. Er zog seine schrägen Brauen zusammen 20
und pfiff vor sich hin.
    „Ich bitte um Ihre Tasse, Tonio. Er ist nicht stark.
Und nehmen Sie eine neue Zigarette. Übrigens wissen Sie
sehr wohl, daß Sie die Dinge ansehen, wie sie nicht notwendig
angesehen zu werden brauchen . . .‘‘ 25
    „Das ist die Antwort des Horatio, liebe Lisaweta. ‚Die
Dinge so betrachten, hieße, sie zu genau betrachten‘, nicht
wahr?‘‘
    „Ich sage, daß man sie ebenso genau von einer anderen
Seite betrachten kann, Tonio Kröger. Ich bin bloß ein 30
dummes malendes Frauenzimmer, und wenn ich Ihnen überhaupt etwas zu erwidern weiß, wenn ich Ihren eigenen Beruf
ein wenig gegen Sie in Schutz nehmen kann, so ist es sicherlich nichts Neues, was ich vorbringe, sondern nur eine Mah-

nung an das, was Sie selbst sehr wohl wissen . . . Wie also:
Die reinigende, heiligende Wirkung der Literatur, die Zerstörung der Leidenschaften durch die Erkenntnis und das
Wort, die Literatur als Weg zum Verstehen, zum Vergeben
5 und zur Liebe, die erlösende Macht der Sprache, der literarische Geist als die edelste Erscheinung des Menschengeistes
überhaupt, der Literat als vollkommener Mensch, als Heili-
ger, — die Dinge so betrachten, hieße, sie nicht genau genug
betrachten?"

10 　„Sie haben ein Recht, so zu sprechen, Lisaweta Iwanowna,
und zwar im Hinblick auf das Werk Ihrer Dichter, auf die
anbetungswürdige russische Literatur, die so recht eigentlich
die heilige Literatur darstellt, von der Sie reden. Aber ich
habe Ihre Einwände nicht außer acht gelassen, sondern sie
15 gehören mit zu dem, was mir heute im Sinne liegt . . .
Sehen Sie mich an. Ich sehe nicht übermäßig munter aus,
wie? Ein bißchen alt und scharfzügig und müde, nicht
wahr? Nun, um auf die ‚Erkenntnis‘ zurückzukommen,
so ließe sich ein Mensch denken, der, von Hause aus gut-
20 gläubig, sanftmütig, wohlmeinend und ein wenig sentimental,
durch die psychologische Hellsicht ganz einfach aufgerieben
und zugrunde gerichtet würde. Sich von der Traurigkeit
der Welt nicht übermannen lassen; beobachten, merken,
einfügen, auch das Quälendste, und übrigens guter Dinge
25 sein, schon im Vollgefühl der sittlichen Überlegenheit über
die abscheuliche Erfindung des Seins, — ja, freilich! Jedoch
zuweilen wächst Ihnen die Sache trotz aller Vergnügungen
des Ausdrucks ein wenig über den Kopf. Alles verstehen
hieße alles verzeihen? Ich weiß doch nicht. Es gibt etwas,
30 was ich Erkenntnisekel nenne, Lisaweta: Der Zustand, in
dem es dem Menschen genügt, eine Sache zu durchschauen,
um sich bereits zum Sterben angewidert (und durchaus nicht
versöhnlich gestimmt) zu fühlen, — der Fall Hamlets, des
Dänen, dieses typischen Literaten. Er wußte, was das ist:

zum Wissen berufen werden, ohne dazu geboren zu sein.
Hellsehen noch durch den Tränenschleier des Gefühls hindurch, erkennen, merken, beobachten und das Beobachtete
lächelnd beiseite legen müssen noch in Augenblicken, wo
Hände sich umschlingen, Lippen sich finden, wo des Men- 5
schen Blick, erblindet von Empfindung, sich bricht, — es ist
infam, Lisaweta, es ist niederträchtig, empörend . . . aber
was hilft es, sich zu empören?

„Eine andere, aber nicht minder liebenswürdige Seite der
Sache ist dann freilich die Blasiertheit, Gleichgültigkeit und 10
ironische Müdigkeit aller Wahrheit gegenüber, wie es denn
Tatsache ist, daß es nirgends in der Welt stummer und hoff-
nungsloser zugeht als in einem Kreise von geistreichen
Leuten, die bereits mit allen Hunden gehetzt sind. Alle
Erkenntnis ist alt und langweilig. Sprechen Sie eine Wahr- 15
heit aus, an deren Eroberung und Besitz Sie vielleicht eine
gewisse jugendliche Freude haben, und man wird Ihre ordi-
näre Aufgeklärtheit mit einem ganz kurzen Entlassen der
Luft durch die Nase beantworten . . . Ach ja, die Literatur macht müde, Lisaweta! In menschlicher Gesellschaft 20
kann es einem, ich versichere Sie, geschehen, daß man vor
lauter Skepsis und Meinungsenthaltsamkeit für dumm
gehalten wird, während man doch nur hochmütig und mutlos ist . . . Dies zur ‚Erkenntnis.‘ Was aber das ‚Wort‘
betrifft, so handelt es sich da vielleicht weniger um eine 25
Erlösung als um ein Kaltstellen und Aufs-Eis-legen der Empfindung? Im Ernst, es hat eine eisige und empörend anmaßliche Bewandtnis mit dieser prompten und oberfiächlichen
Erledigung des Gefühls durch die literarische Sprache. Ist
Ihnen das Herz zu voll, fühlen Sie sich von einem süßen oder 30
erhabenen Erlebnis allzusehr ergriffen: nichts einfacher!
Sie gehen zum Literaten, und alles wird in kürzester Frist
geregelt sein. Er wird Ihnen Ihre Angelegenheit analysieren
und formulieren, bei Namen nennen, aussprechen und zum

Reden bringen, wird Ihnen das Ganze für alle Zeit erledigen und gleichgültig machen und keinen Dank dafür nehmen. Sie aber werden erleichtert, gekühlt und geklärt nach Hause gehen und sich wundern, was an der Sache Sie eigentlich 5 soeben noch mit so süßem Tumult verstören konnte. Und für diesen kalten und eitlen Charlatan wollen Sie ernstlich eintreten? Was ausgesprochen ist, so lautet sein Glaubensbekenntnis, ist erledigt. Ist die ganze Welt ausgesprochen, so ist sie erledigt, erlöst, abgetan . . . Sehr gut! Jedoch 10 ich bin kein Nihilist . . .‟

„Sie sind kein —‟ sagte Lisaweta . . . Sie hielt gerade ihr Löffelchen mit Tee in der Nähe des Mundes und erstarrte in dieser Haltung.

„Nun ja . . . nun ja . . . kommen Sie zu sich, Lisaweta! 15 Ich bin es nicht, sage ich Ihnen, in bezug auf das lebendige Gefühl. Sehen Sie, der Literat begreift im Grunde nicht, daß das Leben noch fortfahren mag, zu leben, daß es sich dessen nicht schämt, nachdem es doch ausgesprochen und ‚erledigt‘ ist. Aber siehe da, es sündigt trotz aller Erlösung 20 durch die Literatur unentwegt darauf los; denn alles Handeln ist Sünde in den Augen des Geistes . . .

„Ich bin am Ziel, Lisaweta. Hören Sie mich an. Ich liebe das Leben — dies ist ein Geständnis. Nehmen Sie es und bewahren Sie es, — ich habe es noch keinem gemacht. 25 Man hat gesagt, man hat es sogar geschrieben und drucken lassen, daß ich das Leben hasse oder fürchte oder verachte oder verabscheue. Ich habe dies gern gehört, es hat mir geschmeichelt; aber darum ist es nicht weniger falsch. Ich liebe das Leben . . . Sie lächeln, Lisaweta, und ich weiß 30 worüber. Aber ich beschwöre Sie, halten Sie es nicht für Literatur, was ich da sage! Denken Sie nicht an Cesare Borgia oder an irgend eine trunkene Philosophie, die ihn aufs Schild erhebt! Er ist mir nichts, dieser Cesare Borgia, ich halte nicht das Geringste auf ihn, und ich werde nie und

nimmer begreifen, wie man das Außerordentliche und Dämo-
nische als Ideal verehren mag. Nein, das ‚Leben‘, wie es
als ewiger Gegensatz dem Geiste und der Kunst gegenüber-
steht, — nicht als eine Vision von blutiger Größe und wilder
Schönheit, nicht als das Ungewöhnliche stellt es uns Unge- 5
wöhnlichen sich dar; sondern das Normale, Wohlanständige
und Liebenswürdige ist das Reich unserer Sehnsucht, ist das
Leben in seiner verführerischen Banalität! Der ist noch
lange kein Künstler, meine Liebe, dessen letzte und tiefste
Schwärmerei das Raffinierte, Exzentrische und Satanische 10
ist, der die Sehnsucht nicht kennt nach dem Harmlosen, Ein-
fachen und Lebendigen, nach ein wenig Freundschaft, Hingebung, Vertraulichkeit und menschlichem Glück, — die
verstohlene und zehrende Sehnsucht, Lisaweta, nach den
Wonnen der Gewöhnlichkeit! . . . 15

„Ein menschlicher Freund! Wollen Sie glauben, daß es
mich stolz und glücklich machen würde, unter Menschen
einen Freund zu besitzen? Aber bislang habe ich nur unter
Dämonen, Kobolden, tiefen Unholden und erkenntnisstum-
men Gespenstern, das heißt: unter Literaten Freunde 20
gehabt.

„Zuweilen gerate ich auf irgend ein Podium, finde mich in
einem Saale Menschen gegenüber, die gekommen sind, mir
zuzuhören. Sehen Sie, dann geschieht es, daß ich mich bei
einer Umschau im Publikum beobachte, mich ertappe, wie 25
ich heimlich im Auditorium umherspähe, mit der Frage im
Herzen, wer es ist, der zu mir kam, wessen Beifall und Dank
zu mir dringt, mit wem meine Kunst mir hier eine ideale
Vereinigung schafft . . . Ich finde nicht, was ich suche,
Lisaweta. Ich finde die Herde und Gemeinde, die mir 30
wohlbekannt ist, eine Versammlung von ersten Christen
gleichsam: Leute mit ungeschickten Körpern und feinen
Seelen, Leute, die immer hinfallen, sozusagen, Sie verstehn
mich, und denen die Poesie eine sanfte Rache am Leben ist,

— immer nur Leidende und Sehnsüchtige und Arme und niemals jemand von den anderen, den Blauäugigen, Lisaweta, die den Geist nicht nötig haben! . . .

„Und wäre es nicht zuletzt ein bedauerlicher Mangel an 5 Folgerichtigkeit, sich zu freuen, wenn es anders wäre? Es ist widersinnig, das Leben zu lieben und dennoch mit allen Künsten bestrebt zu sein, es auf seine Seite zu ziehen, es für die Finessen und Melancholien, den ganzen kranken Adel der Literatur zu gewinnen. Das Reich der Kunst nimmt zu, 10 und das der Gesundheit und Unschuld nimmt ab auf Erden. Man sollte, was noch davon übrig ist, aufs sorgfältigste konservieren und man sollte nicht Leute, die viel lieber in Pferdebüchern mit Momentaufnahmen lesen, zur Poesie verführen wollen!

15 „Denn schließlich, — welcher Anblick wäre kläglicher, als der des Lebens, wenn es sich in der Kunst versucht? Wir Künstler verachten niemand gründlicher als den Dilettanten, den Lebendigen, der glaubt, obendrein bei Gelegenheit ein- mal ein Künstler sein zu können. Ich versichere Sie, diese 20 Art von Verachtung gehört zu meinen persönlichsten Erleb- nissen. Ich befinde mich in einer Gesellschaft in gutem Hause, man ißt, trinkt und plaudert, man versteht sich aufs beste, und ich fühle mich froh und dankbar, eine Weile unter harmlosen und regelrechten Leuten als ihresgleichen 25 verschwinden zu können. Plötzlich (dies ist mir begegnet) erhebt sich ein Offizier, ein Leutnant, ein hübscher und strammer Mensch, dem ich niemals eine seines Ehrenkleides unwürdige Handlungsweise zugetraut hätte, und bittet mit unzweideutigen Worten um die Erlaubnis, uns einige Verse 30 mitzuteilen, die er angefertigt habe. Man gibt ihm, mit bestürztem Lächeln, diese Erlaubnis, und er führt sein Vor- haben aus, indem er von einem Zettel, den er bis dahin in seinem Rockschoß verborgen gehalten hat, seine Arbeit vor- liest, etwas an die Musik und die Liebe, kurzum, ebenso tief

empfunden wie unwirksam. Nun bitte ich aber jedermann:
ein Leutnant! Ein Herr der Welt! Er hätte es doch wahr-
haftig nicht nötig . . .! Nun, es erfolgt, was erfolgen muß:
Lange Gesichter, Stillschweigen, ein wenig künstlicher Beifall und tiefstes Mißbehagen ringsum. Die erste seelische 5
Tatsache, deren ich mir bewußt werde, ist die, daß ich mich
mitschuldig fühle an der Verstörung, die dieser unbedachte
junge Mann über die Gesellschaft gebracht; und kein Zweifel: auch mich, in dessen Handwerk er gepfuscht hat, treffen
spöttische und entfremdete Blicke. Aber die zweite besteht 10
darin, daß dieser Mensch, vor dessen Sein und Wesen ich
soeben noch den ehrlichsten Respekt empfand, in meinen
Augen plötzlich sinkt, sinkt, sinkt . . . Ein mitleidiges
Wohlwollen faßt mich an. Ich trete, gleich einigen anderen
beherzten und gutmütigen Herren, an ihn heran und rede 15
ihm zu. ‚Meinen Glückwunsch,‘ sage ich, ‚Herr Leutnant!
Welch hübsche Begabung! Nein, das war allerliebst!‘
Und es fehlt nicht viel, daß ich ihm auf die Schulter klopfe.
Aber ist Wohlwollen die Empfindung, die man einem Leutnant entgegenzubringen hat? . . . Seine Schuld! Da stand 20
er und büßte in großer Verlegenheit den Irrtum, daß man ein
Blättchen pflücken dürfe, ein einziges, vom Lorbeerbaume
der Kunst, ohne mit seinem Leben dafür zu zahlen. Nein,
da halte ich es mit meinem Kollegen, dem kriminellen Bankier
— — Aber finden Sie nicht, Lisaweta, daß ich heute von 25
einer hamletischen Redseligkeit bin?“

„Sind Sie nun fertig, Tonio Kröger?“

„Nein. Aber ich sage nichts mehr.“

„Und es genügt auch. — Erwarten Sie eine Antwort?“

„Haben Sie eine?“   30

„Ich dächte doch. — Ich habe Ihnen gut zugehört, Tonio,
von Anfang bis zu Ende, und ich will Ihnen die Antwort
geben, die auf alles paßt, was Sie heute nachmittag gesagt
haben, und die die Lösung ist für das Problem, das Sie so

sehr beunruhigt hat. Nun also! Die Lösung ist die, daß
Sie, wie Sie da sitzen, ganz einfach ein Bürger sind."

„Bin ich?" fragte er und sank ein wenig in sich zusammen . . .

5 „Nicht wahr, das trifft Sie hart, und das muß es ja auch.
Und darum will ich den Urteilsspruch um etwas mildern,
denn das kann ich. Sie sind ein Bürger auf Irrwegen, Tonio
Kröger, — ein verirrter Bürger."

— Stillschweigen. Dann stand er entschlossen auf und
10 griff nach Hut und Stock.

„Ich danke Ihnen, Lisaweta Iwanowna; nun kann ich
getrost nach Hause gehn. Ich bin erledigt."

V

GEGEN den Herbst sagte Tonio Kröger zu Lisaweta
Iwanowna:

„Ja, ich verreise nun, Lisaweta; ich muß mich auslüften,
ich mache mich fort, ich suche das Weite."

„Nun, wie denn, Väterchen, geruhen Sie wieder nach 5
Italien zu fahren?"

„Gott, gehen Sie mir doch mit Italien, Lisaweta! Italien
ist mir bis zur Verachtung gleichgültig! Das ist lange her,
daß ich mir einbildete, dorthin zu gehören. Kunst, nicht
wahr? Sammetblauer Himmel, heißer Wein und süße Sinn- 10
lichkeit . . . Kurzum, ich mag das nicht. Ich verzichte.
Die ganze *bellezza* macht mich nervös. Ich mag auch alle
diese fürchterlich lebhaften Menschen dort unten mit dem
schwarzen Tierblick nicht leiden. Diese Romanen haben
kein Gewissen in den Augen . . . Nein, ich gehe nun ein 15
bißchen nach Dänemark."

„Nach Dänemark?"

„Ja. Und ich verspreche mir Gutes davon. Ich bin aus
Zufall noch niemals hinaufgelangt, so nah ich während
meiner ganzen Jugend der Grenze war, und dennoch habe 20
ich das Land von jeher gekannt und geliebt. Ich muß wohl
diese nördliche Neigung von meinem Vater haben, denn
meine Mutter war doch eigentlich mehr für die *bellezza*,
sofern ihr nämlich nicht Alles ganz einerlei war. Aber
nehmen Sie die Bücher, die dort oben geschrieben werden, 25
diese tiefen, reinen und humoristischen Bücher, Lisaweta, —
es geht mir nichts darüber. ich liebe sie. Nehmen Sie die
skandinavischen Mahlzeiten, diese unvergleichlichen Mahl-

41

zeiten, die man nur in einer starken Salzluft verträgt (ich
weiß nicht, ob ich sie überhaupt noch vertrage) und die ich
von Hause aus ein wenig kenne, denn man ißt schon ganz
so bei mir zu Hause. Nehmen Sie auch nur die Namen, die
5 Vornamen, mit denen die Leute dort oben geschmückt sind
und von denen es ebenfalls schon viele bei mir zu Hause gibt,
einen Laut wie ‚Ingeborg‘, ein Harfenschlag makellosester
Poesie. Und dann die See, — Sie haben die Ostsee dort
oben! . . . Mit einem Worte, ich fahre hinauf, Lisaweta.
10 Ich will die Ostsee wiedersehen, will diese Vornamen wieder
hören, diese Bücher an Ort und Stelle lesen; ich will auch
auf der Terrasse von Kronborg stehen, wo der ‚Geist‘ zu
Hamlet kam und Not und Tod über den armen, edlen jungen
Menschen brachte . . .“

15 „Wie fahren Sie, Tonio, wenn ich fragen darf? Welche
Route nehmen Sie?“

„Die übliche,“ sagte er achselzuckend und errötete deutlich. „Ja, ich berühre meine — meinen Ausgangspunkt,
Lisaweta, nach dreizehn Jahren, und das kann ziemlich
20 komisch werden.“

Sie lächelte.

„Das ist es, was ich hören wollte, Tonio Kröger. Und
also fahren Sie mit Gott. Versäumen Sie auch nicht, mir
zu schreiben, hören Sie? Ich verspreche mir einen erlebnis-
25 vollen Brief von Ihrer Reise nach — Dänemark . . .“

VI

U ND Tonio Kröger fuhr gen Norden. Er fuhr mit Komfort (denn er pflegte zu sagen, daß jemand, der es innerlich so viel schwerer hat als andere Leute, gerechten Anspruch auf ein wenig äußeres Behagen habe), und er rastete nicht eher, als bis die Türme der engen Stadt, von 5 der er ausgegangen war, sich vor ihm in die graue Luft erhoben. Dort nahm er einen kurzen, seltsamen Aufenthalt . . .

Ein trüber Nachmittag ging schon in den Abend über, als der Zug in die schmale, verräucherte, so wunderlich ver- 10 traute Halle einfuhr; noch immer ballte sich unter dem schmutzigen Glasdach der Qualm in Klumpen zusammen und zog in gedehnten Fetzen hin und wieder, wie damals, als Tonio Kröger, nichts als Spott im Herzen, von hier gefahren war. — Er versorgte sein Gepäck, ordnete an, daß 15 es ins Hotel geschafft werde, und verließ den Bahnhof.

Das waren die zweispännigen, schwarzen, unmäßig hohen und breiten Droschken der Stadt, die draußen in einer Reihe standen! Er nahm keine davon; er sah sie nur an, wie er alles ansah, die schmalen Giebel und spitzen Türme, die über 20 die nächsten Dächer herübergrüßten, die blonden und lässigplumpen Menschen mit ihrer breiten und dennoch rapiden Redeweise rings um ihn her, und ein nervöses Gelächter stieg in ihm auf, das eine heimliche Verwandtschaft mit Schluchzen hatte. — Er ging zu Fuß, ging langsam, den un- 25 ablässigen Druck des feuchten Windes im Gesicht, über die Brücke, an deren Geländer mythologische Statuen standen, und eine Strecke am Hafen entlang.

Großer Gott, wie winzig und winklig das Ganze erschien!
Waren hier in all der Zeit die schmalen Giebelgassen so putzig steil zur Stadt emporgestiegen? Die Schornsteine und
Maste der Schiffe schaukelten leise in Wind und Dämmerung
5 auf dem trüben Flusse. Sollte er jene Straße hinaufgehen,
die dort, an der das Haus lag, das er im Sinne hatte? Nein,
morgen. Er war so schläfrig jetzt. Sein Kopf war schwer
von der Fahrt, und langsame, nebelhafte Gedanken zogen
ihm durch den Sinn.

10   Zuweilen in diesen dreizehn Jahren, wenn sein Magen
verdorben gewesen war, hatte ihm geträumt, daß er wieder
daheim sei in dem alten, hallenden Haus an der schrägen
Gasse, daß auch sein Vater wieder da sei und ihn hart anlasse
wegen seiner entarteten Lebensführung, was er jedesmal sehr
15 in der Ordnung gefunden hatte. Und diese Gegenwart nun
unterschied sich durch nichts von einem dieser betörenden
und unzerreißbaren Traumgespinste, in denen man sich
fragen kann, ob dies Trug oder Wirklichkeit ist, und sich
notgedrungen mit Überzeugung für das letztere entscheidet,
20 um dennoch am Ende zu erwachen . . . Er schritt durch
die wenig belebten, zugigen Straßen. hielt den Kopf gegen
den Wind gebeugt und schritt wie schlafwandelnd in der
Richtung des Hotels, des ersten der Stadt, wo er übernachten
wollte. Ein krummbeiniger Mann mit einer Stange, an
25 deren Spitze ein Feuerchen brannte, ging mit wiegendem
Matrosenschritt vor ihm her und zündete die Gaslaternen an.
    Wie war ihm doch? Was war das alles, was unter der
Asche seiner Müdigkeit, ohne zur klaren Flamme zu werden,
so dunkel und schmerzlich glomm? Still, still und kein
30 Wort! Keine Worte! Er wäre gern lange so dahingegan-
gen, im Wind durch die dämmerigen, traumhaft vertrauten
Gassen. Aber alles war so eng und nah bei einander. Gleich
war man am Ziel.
    In der oberen Stadt gab es Bogenlampen, und eben er-

glühten sie. Da war das Hotel, und es waren die beiden
schwarzen Löwen, die davor lagen und vor denen er sich als
Kind gefürchtet hatte. Noch immer blickten sie mit einer
Miene, als wollten sie niesen, einander an; aber sie schienen
viel kleiner geworden, seit damals. — Tonio Kröger ging 5
zwischen ihnen hindurch.

Da er zu Fuß kam, wurde er ohne viel Feierlichkeit empfangen. Der Portier und ein sehr feiner, schwarzgekleideter
Herr, welcher die Honneurs machte und beständig mit den
kleinen Fingern seine Manschetten in die Ärmel zurückstieß, 10
musterten ihn prüfend und wägend vom Scheitel bis zu den
Stiefeln, sichtlich bestrebt, ihn gesellschaftlich ein wenig zu
bestimmen, ihn hierarchisch und bürgerlich unterzubringen
und ihm einen Platz in ihrer Achtung anzuweisen, ohne doch
zu einem beruhigenden Ergebnis gelangen zu können, wes- 15
halb sie sich für eine gemäßigte Höflichkeit entschieden.
Ein Kellner, ein milder Mensch mit brotblonden Backenbartstreifen, einem altersblanken Frack und Rosetten auf
den lautlosen Schuhen, führte ihn zwei Treppen hinauf in
ein reinlich und altväterlich eingerichtetes Zimmer, hinter 20
dessen Fenster sich im Zwielicht ein pittoresker und mittel-
alterlicher Ausblick auf Höfe, Giebel und die bizarren Massen
der Kirche eröffnete, in deren Nähe das Hotel gelegen war.
Tonio Kröger stand eine Weile vor diesem Fenster; dann
setzte er sich mit gekreuzten Armen auf das weitschweifige 25
Sofa, zog seine Brauen zusammen und pfiff vor sich hin.

Man brachte Licht, und sein Gepäck kam. Gleichzeitig
legte der milde Kellner den Meldezettel auf den Tisch, und
Tonio Kröger malte mit seitwärts geneigtem Kopfe etwas
darauf, das aussah wie Name, Stand und Herkunft. Hier- 30
auf bestellte er ein wenig Abendbrot und fuhr fort, von
seinem Sofawinkel aus ins Leere zu blicken. Als das Essen
vor ihm stand, ließ er es noch lange unberührt, nahm endlich
ein paar Bissen und ging noch eine Stunde im Zimmer auf

und ab, wobei er zuweilen stehen blieb und die Augen schloß.
Dann entkleidete er sich mit langsamen Bewegungen und
ging zu Bette. Er schlief lange, unter verworrenen und
seltsam sehnsüchtigen Träumen. —

5 Als er erwachte, sah er sein Zimmer von hellem Tage
erfüllt. Verwirrt und hastig besann er sich, wo er sei, und
machte sich auf, um die Vorhänge zu öffnen. Des Himmels
schon ein wenig blasses Spätsommer-Blau war von dünnen,
vom Wind zerzupften Wolkenfetzchen durchzogen; aber
10 die Sonne schien über seiner Vaterstadt.

Er verwandte noch mehr Sorgfalt auf seine Toilette als
gewöhnlich, wusch und rasierte sich aufs beste und machte
sich so frisch und reinlich, als habe er einen Besuch in gutem,
korrektem Hause vor, wo es gälte, einen schmucken und
15 untadelhaften Eindruck zu machen; und während der Han-
tierungen des Ankleidens horchte er auf das ängstliche
Pochen seines Herzens.

Wie hell es draußen war! Er hätte sich wohler gefühlt,
wenn, wie gestern, Dämmerung in den Straßen gelegen hätte;
20 nun aber sollte er unter den Augen der Leute durch den
klaren Sonnenschein gehen. Würde er auf Bekannte stoßen,
angehalten, befragt werden und Rede stehen müssen, wie
er diese dreizehn Jahre verbracht? Nein, gottlob, es kannte
ihn keiner mehr, und wer sich seiner erinnerte, würde ihn
25 nicht erkennen, denn er hatte sich wirklich ein wenig ver-
ändert unterdessen. Er betrachtete sich aufmerksam im
Spiegel, und plötzlich fühlte er sich sicherer hinter seiner
Maske, hinter seinem früh durcharbeiteten Gesicht, das älter
als seine Jahre war . . . Er ließ Frühstück kommen und
30 ging dann aus, ging unter den abschätzenden Blicken des
Portiers und des feinen Herrn in Schwarz durch das Vestibül
und zwischen den beiden Löwen hindurch ins Freie.

Wohin ging er? Er wußte es kaum. Es war wie gestern.
Kaum, daß er sich wieder von diesem wunderlich würdigen

und urvertrauten Beieinander von Giebeln, Türmchen,
Arkaden, Brunnen umgeben sah, kaum daß er den Druck des
Windes, des starken Windes, der ein zartes und herbes
Aroma aus fernen Träumen mit sich führte, wieder im Angesicht spürte, als es sich ihm wie Schleier und Nebelgespinst 5
um die Sinne legte ... Die Muskeln seines Gesichtes
spannten sich ab; und mit stille gewordenem Blick betrachtete er Menschen und Dinge. Vielleicht, daß er dort, an
jener Straßenecke, dennoch erwachte ...

Wohin ging er? Ihm war, als stehe die Richtung, die er 10
einschlug, in einem Zusammenhange mit seinen traurigen
und seltsam reuevollen Träumen zur Nacht ... Auf den
Markt ging er, unter den Bogengewölben des Rathauses
hindurch, wo Fleischer mit blutigen Händen ihre Ware
wogen, auf den Marktplatz, wo hoch, spitzig und vielfach 15
der gotische Brunnen stand. Dort blieb er vor einem Hause
stehen, einem schmalen und schlichten, gleich anderen mehr,
mit einem geschwungenen, durchbrochenen Giebel, und ver-
sank in dessen Anblick. Er las das Namensschild an der
Tür und ließ seine Augen ein Weilchen auf jedem der Fenster 20
ruhen. Dann wandte er sich langsam zum Gehen.

Wohin ging er? Heimwärts. Aber er nahm einen Umweg, machte einen Spaziergang vors Tor hinaus, weil er
Zeit hatte. Er ging über den Mühlenwall und den Holstenwall und hielt seinen Hut fest vor dem Winde, der in den 25
Bäumen rauschte und knarrte. Dann verließ er die Wallanlagen unfern des Bahnhofes, sah einen Zug mit plumper Eilfertigkeit vorüberpuffen, zählte zum Zeitvertreib die
Wagen und blickte dem Manne nach, der zuhöchst auf dem
allerletzten saß. Aber am Lindenplatze machte er vor ei- 30
ner der hübschen Villen halt, die dort standen, spähte
lange in den Garten und zu den Fenstern hinauf und verfiel
am Ende darauf, die Gatterpforte in ihren Angeln hin- und
herzuschlenkern, so daß es kreischte. Dann betrachtete er

eine Weile seine Hand, die kalt und rostig geworden war,
und ging weiter, ging durch das alte, untersetzte Tor, am
Hafen entlang und die steile zugige Gasse hinauf zum Haus
seiner Eltern.

5 Es stand, eingeschlossen von den Nachbarhäusern, die
sein Giebel überragte, grau und ernst wie seit dreihundert
Jahren, und Tonio Kröger las den frommen Spruch, der in
halbverwischten Lettern über dem Eingang stand. Dann
atmete er auf und ging hinein.

10 Sein Herz schlug ängstlich, denn er gewärtigte, sein Vater
könnte aus einer der Türen zu ebener Erde, an denen er
vorüberschritt, hervortreten, im Kontorrock und die Feder
hinterm Ohr, ihn anhalten und ihn wegen seines extravagan-
ten Lebens streng zur Rede stellen, was er sehr in der Ord-
15 nung gefunden hätte. Aber er gelangte unbehelligt vorbei.
Die Windfangtür war nicht geschlossen, sondern nur angelehnt, was er als tadelnswert empfand, während ihm gleichzeitig zumute war wie in gewissen leichten Träumen, in
denen die Hindernisse von selbst vor einem weichen und
20 man, von wunderbarem Glück begünstigt, ungehindert vorwärts dringt . . . Die weite Diele, mit großen, viereckigen
Steinfliesen gepflastert, widerhallte von seinen Schritten.
Der Küche gegenüber, in der es still war, sprangen wie vor
Alters in beträchtlicher Höhe die seltsamen, plumpen, aber
25 reinlich lackierten Holzgelasse aus der Wand hervor, die
Mägdekammern, die nur durch eine Art freiliegender Stiege
von der Diele aus zu erreichen waren. Aber die großen
Schränke und die geschnitzte Truhe waren nicht mehr da,
die hier gestanden hatten . . . Der Sohn des Hauses be-
30 schritt die gewaltige Treppe und stützte sich mit der Hand
auf das weißlackierte, durchbrochene Holzgeländer, indem er
sie bei jedem Schritte erhob und beim nächsten sacht wieder
darauf niedersinken ließ, wie als versuche er schüchtern, ob
die ehemalige Vertrautheit mit diesem alten, soliden Geländer

wiederherzustellen sei . . . Aber auf dem Treppenabsatz
blieb er stehen, vorm Eingang zum Zwischengeschoß. An
der Tür war ein weißes Schild befestigt, auf dem in schwarzen
Buchstaben zu lesen war : Volksbibliothek.

Volksbibliothek? dachte Tonio Kröger, denn er fand, daß 5
hier weder das Volk noch die Literatur etwas zu suchen
hatten. Er klopfte an die Tür . . . Ein Herein ward laut,
und er folgte ihm. Gespannt und finster blickte er in eine
höchst unziemliche Veränderung hinein.

Das Geschoß war drei Stuben tief, deren Verbindungstüren 10
offen standen. Die Wände waren fast in ihrer ganzen Höhe
mit gleichförmig gebundenen Büchern bedeckt, die auf
dunklen Gestellen in langen Reihen standen. In jedem
Zimmer saß hinter einer Art von Ladentisch ein dürftiger
Mensch und schrieb. Zwei davon wandten nur die Köpfe 15
nach Tonio Kröger, aber der erste stand eilig auf, wobei er
sich mit beiden Händen auf die Tischplatte stützte, den
Kopf vorschob, die Lippen spitzte, die Brauen emporzog und
den Besucher mit eifrig zwinkernden Augen anblickte . . .

„Verzeihung,“ sagte Tonio Kröger, ohne den Blick von 20
den vielen Büchern zu wenden. „Ich bin hier fremd, ich
besichtige die Stadt. Dies ist also die Volksbibliothek?
Würden Sie erlauben, daß ich mir ein wenig Einblick in die
Sammlung verschaffe?“

„Gern!“ sagte der Beamte und zwinkerte noch hefti- 25
ger . . . „Gewiß, das steht jedermann frei. Wollen Sie sich
nur umsehen . . . Ist Ihnen ein Katalog gefällig?“

„Danke,“ antwortete Tonio Kröger. „Ich orientiere mich
leicht.“ Damit begann er, langsam an den Wänden entlang
zu schreiten, indem er sich den Anschein gab, als studiere er 30
die Titel auf den Bücherrücken. Schließlich nahm er einen
Band heraus, öffnete ihn und stellte sich damit ans Fenster.

Hier war das Frühstückszimmer gewesen. Man hatte
hier morgens gefrühstückt, nicht droben im großen Eßsaal,

wo aus der blauen Tapete weiße Götterstatuen hervortra-
ten . . . Das dort hatte als Schlafzimmer gedient. Seines
Vaters Mutter war dort gestorben, so alt sie war, unter
schweren Kämpfen, denn sie war eine genußfrohe Weltdame
5 und hing am Leben. Und später hatte dort sein Vater selbst
den letzten Seufzer getan, der lange, korrekte, ein wenig
wehmütige und nachdenkliche Herr mit der Feldblume im
Knopfloch . . . Tonio hatte am Fußende seines Sterbe-
bettes gesessen, mit heißen Augen, ehrlich und gänzlich hin-
10 gegeben an ein stummes und starkes Gefühl, an Liebe und
Schmerz. Und auch seine Mutter hatte am Lager gekniet,
seine schöne feurige Mutter, ganz aufgelöst in heißen Tränen;
worauf sie mit dem südlichen Künstler in blaue Fernen gezo-
gen war . . . Aber dort hinten, das kleinere, dritte Zimmer,
15 nun ebenfalls ganz mit Büchern angefüllt, die ein dürftiger
Mensch bewachte, war lange Jahre hindurch sein eigenes
gewesen. Dorthin war er nach der Schule heimgekehrt, nachdem er einen Spaziergang, wie eben jetzt, gemacht, an jener Wand hatte sein Tisch gestanden, in dessen Schublade er
20 seine ersten innigen und hilflosen Verse verwahrt hatte . . .
Der Walnußbaum . . . Eine stechende Wehmut durch-
zuckte ihn. Er blickte seitwärts durchs Fenster hinaus.
Der Garten lag wüst, aber der alte Walnußbaum stand an
seinem Platze, schwerfällig knarrend und rauschend im
25 Winde. Und Tonio Kröger ließ die Augen auf das Buch
zurückgleiten, das er in Händen hielt, ein hervorragendes
Dichtwerk und ihm wohlbekannt. Er blickte auf diese
schwarzen Zeilen und Satzgruppen nieder, folgte eine Strecke
dem kunstvollen Fluß des Vortrags, wie er in gestaltender
30 Leidenschaft sich zu einer Pointe und Wirkung erhob und
dann effektvoll absetzte . . .
    Ja, das ist gut gemacht, sagte er, stellte das Dichtwerk
weg und wandte sich. Da sah er, daß der Beamte noch
immer aufrecht stand und mit einem Mischausdruck von

Diensteifer und nachdenklichem Mißtrauen seine Augen zwinkern ließ.

„Eine ausgezeichnete Sammlung, wie ich sehe," sagte Tonio Kröger. „Ich habe schon einen Überblick gewonnen. Ich bin Ihnen sehr verbunden. Adieu." Damit ging er zur Tür hinaus; aber es war ein zweifelhafter Abgang, und er fühlte deutlich, daß der Beamte, voller Unruhe über diesen Besuch, noch minutenlang stehen und zwinkern würde.

Er spürte keine Neigung, noch weiter vorzudringen. Er war zu Hause gewesen. Droben, in den großen Zimmern hinter der Säulenhalle, wohnten fremde Leute, er sah es; denn der Treppenkopf war durch eine Glastür verschlossen, die ehemals nicht dagewesen war, und irgend ein Namensschild war daran. Er ging fort, ging die Treppe hinunter, über die hallende Diele, und verließ sein Elternhaus. In einem Winkel eines Restaurants nahm er in sich gekehrt eine schwere und fette Mahlzeit ein und kehrte dann ins Hotel zurück.

„Ich bin fertig," sagte er zu dem feinen Herrn in Schwarz. „Ich reise heute nachmittag." Und er bestellte seine Rechnung, sowie den Wagen, der ihn an den Hafen bringen sollte, zum Dampfschiff nach Kopenhagen. Dann ging er auf sein Zimmer und setzte sich an den Tisch, saß still und aufrecht, indem er die Wange in die Hand stützte und mit blicklosen Augen auf die Tischplatte niedersah. Später beglich er seine Rechnung und machte seine Sachen bereit. Zur festgesetzten Zeit ward der Wagen gemeldet, und Tonio Kröger stieg reisefertig hinab.

Drunten, am Fuße der Treppe, erwartete ihn der feine Herr in Schwarz.

„Um Vergebung!" sagte er und stieß mit den kleinen Fingern seine Manschetten in die Ärmel zurück . . . „Verzeihen Sie, mein Herr, daß wir Sie noch eine Minute in Anspruch nehmen müssen. Herr Seehaase — der Besitzer des

Hotels — ersucht Sie um eine Unterredung von zwei Worten.
Eine Formalität . . . Er befindet sich dort hinten . . .
Wollen Sie die Güte haben, sich mit mir zu bemühen . . .
Es ist nur Herr Seehaase, der Besitzer des Hotels."

5 Und er führte Tonio Kröger unter einladendem Gestenspiel in den Hintergrund des Vestibüls. Dort stand in der
Tat Herr Seehaase. Tonio Kröger kannte ihn von Ansehen
aus alter Zeit. Er war klein, fett und krummbeinig. Sein
geschorener Backenbart war weiß geworden; aber noch
10 immer trug er eine weit ausgeschnittene Frackjacke und
dazu ein grün gesticktes Sammetmützchen. Übrigens war
er nicht allein. Bei ihm, an einem kleinen, an der Wand
befestigten Pultbrett, stand, den Helm auf dem Kopf, ein
Polizist, welcher seine behandschuhte Rechte auf einem bunt
15 beschriebenen Papier ruhen ließ, das vor ihm auf dem Pulte
lag, und Tonio Kröger mit seinem ehrlichen Soldatengesicht
so entgegensah, als erwartete er, daß dieser bei seinem
Anblick in den Boden versinken müsse.

Tonio Kröger blickte von Einem zum Andern und verlegte
20 sich aufs Warten.

„Sie kommen von München?" fragte endlich der Polizist
mit einer gutmütigen und schwerfälligen Stimme.

Tonio Kröger bejahte dies.

„Sie reisen nach Kopenhagen?"
25 „Ja, ich bin auf der Reise in ein dänisches Seebad."

„Seebad? — Ja, Sie müssen mal Ihre Papiere vorweisen,"
sagte der Polizist, indem er das letzte Wort mit besonderer
Genugtuung aussprach.

„Papiere . . ." Er hatte keine Papiere. Er zog seine
30 Brieftasche hervor und blickte hinein; aber es befand sich
außer einigen Geldscheinen nichts darin als die Korrektur
einer Novelle, die er an seinem Reiseziel zu erledigen gedachte. Er verkehrte nicht gern mit Beamten und hatte
sich noch niemals einen Paß ausstellen lassen . . .

„Es tut mir leid," sagte er, „aber ich führe keine Papiere
bei mir."

„So?" sagte der Polizist . . . „Gar keine? — Wie ist
Ihr Name?"

Tonio Kröger antwortete ihm.   5

„Ist das auch wahr?!" fragte der Polizist, reckte sich auf
und öffnete plötzlich seine Nasenlöcher, so weit er konnte . . .

„Vollkommen wahr," antwortete Tonio Kröger.

„Was sind Sie denn?"

Tonio Kröger schluckte hinunter und nannte mit fester 10
Stimme sein Gewerbe. — Herr Seehaase hob den Kopf und
sah neugierig in sein Gesicht empor.

„Hm!" sagte der Polizist. „Und Sie geben an, nicht
identisch zu sein mit einem Individium namens —" Er
sagte „Individium" und buchstabierte dann aus dem bunt- 15
beschriebenen Papier einen ganz verzwickten und roman-
tischen Namen zusammen, der aus den Lauten verschiedener
Rassen abenteuerlich gemischt erschien und den Tonio
Kröger im nächsten Augenblick wieder vergessen hatte.

„— Welcher," fuhr er fort, „von unbekannten Eltern und 20
unbestimmter Zuständigkeit wegen verschiedener Betrüge-
reien und anderer Vergehen von der Münchener Polizei verfolgt wird und sich wahrscheinlich auf der Flucht nach
Dänemark befindet?"

„Ich gebe das nicht nur an," sagte Tonio Kröger und 25
machte eine nervöse Bewegung mit den Schultern. — Dies
rief einen gewissen Eindruck hervor.

„Wie? Ach so, na gewiß!" sagte der Polizist. „Aber
daß Sie auch gar nichts vorweisen können!"

Auch Herr Seehaase legte sich beschwichtigend ins Mittel. 30

„Das Ganze ist eine Formalität," sagte er, „nichts weiter!
Sie müssen bedenken, daß der Beamte nur seine Schuldigkeit
tut. Wenn Sie sich irgendwie legitimieren könnten . . .
Ein Papier . . ."

Alle schwiegen. Sollte er der Sache ein Ende machen, indem er sich zu erkennen gab, indem er Herrn Seehaase eröffnete, daß er kein Hochstapler von unbestimmter Zuständigkeit sei, von Geburt kein Zigeuner im grünen Wagen, 5 sondern der Sohn Konsul Krögers, aus der Familie der Kröger? Nein, er hatte keine Lust dazu. Und waren diese Männer der bürgerlichen Ordnung nicht im Grunde ein wenig im Recht? Gewissermaßen war er ganz einverstanden mit ihnen . . . Er zuckte die Achseln und blieb stumm.

10 „Was haben Sie denn da?" fragte der Polizist. „Da, in dem Porteföhch?"

„Hier? Nichts. Es ist eine Korrektur," antwortete Tonio Kröger.

„Korrektur? Wieso? Lassen Sie mal sehen."

15 Und Tonio Kröger überreichte ihm seine Arbeit. Der Polizist breitete sie auf der Pultplatte aus und begann darin zu lesen. Auch Herr Seehaase trat näher herzu und beteiligte sich an der Lektüre. Tonio Kröger blickte ihnen über die Schultern und beobachtete, bei welcher Stelle sie seien. 20 Es war ein guter Moment, eine Pointe und Wirkung, die er vortrefflich herausgearbeitet hatte. Er war zufrieden mit sich.

„Sehen Sie!" sagte er. „Da steht mein Name. Ich habe dies geschrieben, und nun wird es veröffentlicht, verstehen 25 Sie."

„Nun, das genügt!" sagte Herr Seehaase mit Entschluß, raffte die Blätter zusammen, faltete sie und gab sie ihm zurück. „Das muß genügen, Petersen!" wiederholte er kurz, indem er verstohlen die Augen schloß und abwinkend 30 den Kopf schüttelte. „Wir dürfen den Herrn nicht länger aufhalten. Der Wagen wartet. Ich bitte sehr, die kleine Störung zu entschuldigen, mein Herr. Der Beamte hat ja nur seine Pflicht getan, aber ich sagte ihm sofort, daß er auf falscher Fährte sei . . ."

So? dachte Tonio Kröger.

Der Polizist schien nicht ganz einverstanden; er wandte noch etwas ein von ‚Individium' und ‚vorweisen.' Aber Herr Seehaase führte seinen Gast unter wiederholten Ausdrücken des Bedauerns durch das Vestibül zurück, geleitete 5 ihn zwischen den beiden Löwen hindurch zum Wagen und schloß selbst unter Achtungsbezeugungen den Schlag hinter ihm. Und dann rollte die lächerlich hohe und breite Droschke stolpernd, klirrend und lärmend die steilen Gassen hinab zum Hafen . . .   10

Dies war Tonio Krögers seltsamer Aufenthalt in seiner Vaterstadt.

VII

DIE NACHT fiel ein, und mit einem schwimmenden Silberglanz stieg schon der Mond empor, als Tonio Krögers
Schiff die offene See gewann. Er stand am Bugspriet, in
seinen Mantel gehüllt vor dem Winde, der mehr und mehr
5 erstarkte, und blickte hinab in das dunkle Wandern und
Treiben der starken, glatten Wellenleiber dort unten, die
umeinander schwankten, sich klatschend begegneten, in
unerwarteten Richtungen auseinanderschossen und plötzlich
schaumig aufleuchteten . . .
10 Eine schaukelnde und still entzückte Stimmung erfüllte
ihn. Er war ein wenig niedergeschlagen gewesen, daß man
ihn daheim als Hochstapler hatte verhaften wollen, ja, —
obgleich er es gewissermaßen in der Ordnung gefunden hatte.
Aber dann, nachdem er sich eingeschifft, hatte er, wie als
15 Knabe zuweilen mit seinem Vater, dem Verladen der Waren
zugesehen, mit denen man, unter Rufen, die ein Gemisch
aus Dänisch und Plattdeutsch waren, den tiefen Bauch des
Dampfers füllte, hatte gesehen, wie man außer den Ballen
und Kisten auch einen Eisbären und einen Königstiger in
20 dick vergitterten Käfigen hinabließ, die wohl von Hamburg
kamen und für eine dänische Menagerie bestimmt waren;
und dies hatte ihn zerstreut. Während dann das Schiff
zwischen den flachen Ufern den Fluß entlang glitt, hatte er
Polizist Petersens Verhör ganz und gar vergessen; und alles,
25 was vorher gewesen war, seine süßen, traurigen und reuigen
Träume der Nacht, der Spaziergang, den er gemacht, der
Anblick des Walnußbaumes, war wieder in seiner Seele stark
geworden. Und nun, da das Meer sich öffnete, sah er von

fern den Strand, an dem er als Knabe die sommerlichen
Träume des Meeres hatte belauschen dürfen, sah die Glut
des Leuchtturms und die Lichter des Kurhauses, darin er
mit seinen Eltern gewohnt . . . Die Ostsee! Er lehnte
den Kopf gegen den starken Salzwind, der reif und ohne 5
Hindernis daherkam, die Ohren umhüllte und einen gelinden
Schwindel, eine gedämpfte Betäubung hervorrief, in der die
Erinnerung an alles Böse, an Qual und Irrsal, an Wollen und
Mühen träge und selig unterging. Und in dem Sausen,
Klatschen, Schäumen und Ächzen rings um ihn her glaubte 10
er das Rauschen und Knarren des alten Walnußbaumes, das
Kreischen einer Gartenpforte zu hören . . . Es dunkelte
mehr und mehr.

„Die Sderne, Gott, sehen Sie doch bloß die Sderne an,"
sagte plötzlich mit schwerfällig singender Betonung eine 15
Stimme, die aus dem Innern einer Tonne zu kommen schien.
Er kannte sie schon. Sie gehörte einem rotblonden und
schlicht gekleideten Mann mit geröteten Augenlidern und
einem feuchtkalten Aussehen, als habe er soeben gebadet.
Beim Abendessen in der Kajüte war er Tonio Krögers Nach- 20
bar gewesen und hatte mit zagen und bescheidenen Bewegungen erstaunliche Mengen von Hummer-Omelette zu sich
genommen. Nun lehnte er neben ihm an der Brüstung und
blickte zum Himmel empor, indem er sein Kinn mit Daumen
und Zeigefinger erfaßt hielt. Ohne Zweifel befand er sich 25
in einer jener außerordentlichen und festlich-beschaulichen
Stimmungen, in denen die Schranken zwischen den Menschen
dahinsinken, in denen das Herz auch Fremden sich öffnet
und der Mund Dinge spricht, vor denen er sich sonst schamhaft verschließen würde . . .   30
„Sehen Sie, Herr, doch bloß die Sderne an. Da sdehen
sie und glitzern, es ist, weiß Gott, der ganze Himmel voll.
Und nun bitt' ich Sie, wenn man hinaufsieht und bedenkt,
daß viele davon doch hundertmal größer sein sollen als die

Erde, wie wird einem da zu Sinn? Wir Menschen haben
den Telegraphen erfunden und das Telephon und so viele
Errungenschaften der Neuzeit, ja, das haben wir. Aber
wenn wir da hinaufsehen, so müssen wir doch erkennen und
5 versdehen, daß wir im Grunde Gewürm sind, elendes Gewürm und nichts weiter, — hab' ich recht oder unrecht,
Herr? Ja, wir sind Gewürm!" antwortete er sich selbst und
nickte demütig und zerknirscht zum Firmament empor.

Au . . . nein, der hat keine Literatur im Leibe! dachte
10 Tonio Kröger. Und alsbald fiel ihm etwas ein, was er kürzlich gelesen hatte, der Aufsatz eines berühmten französischen
Schriftstellers über kosmologische und psychologische Weltanschauung; es war ein recht feines Geschwätz gewesen.

Er gab dem jungen Mann etwas wie eine Antwort auf
15 seine tief erlebte Bemerkung, und dann fuhren sie fort, miteinander zu sprechen, indem sie, über die Brüstung gelehnt,
in den unruhig erhellten, bewegten Abend hinausblickten.
Es erwies sich, daß der Reisegefährte ein junger Kaufmann
aus Hamburg war, der seinen Urlaub zu dieser Vergnügungs-
20 fahrt benutzte . . .

„Sollst," sagte er, „ein bißchen mit dem *steamer* nach
Kopenhagen fahren, denk' ich, und da sdeh ich nun, und es ist
ja so weit ganz schön. Aber das mit den Hummer-Omelet-
ten, das war nicht richtig, Herr, das sollen Sie sehn, denn
25 die Nacht wird sdürmisch, das hat der Kapitän selbst gesagt.
und mit so einem unbekömmlichen Essen im Magen ist das
kein Sbaß . . ."

Tonio Kröger lauschte all dieser zutunlichen Torheit mit
einem heimlichen und freundschaftlichen Gefühl.

30 „Ja," sagte er, „man ißt überhaupt zu schwer hier oben.
Das macht faul und wehmütig."

„Wehmütig?" wiederholte der junge Mann und betrachtete ihn verdutzt . . . „Sie sind wohl fremd hier, Herr?"
fragte er plötzlich . . .

„Ach ja, ich komme weit her!" antwortete Tonio Kröger
mit einer vagen und abwehrenden Armbewegung.

„Aber Sie haben recht," sagte der junge Mann; „Sie
haben, weiß Gott, recht in dem, was Sie von wehmütig sagen!
Ich bin fast immer wehmütig, aber besonders an solchen 5
Abenden wie heute, wenn die Sderne am Himmel sdehn."
Und er stützte wieder sein Kinn mit Daumen und Zeige-
finger.

Sicherlich schreibt er Verse, dachte Tonio Kröger, tief
ehrlich empfundene Kaufmannsverse . . . 10

Der Abend rückte vor, und der Wind war nun so heftig
geworden, daß er das Sprechen behinderte. So beschlossen
sie, ein wenig zu schlafen, und wünschten einander gute
Nacht.

Tonio Kröger streckte sich in seiner Koje auf der schmalen 15
Bettstatt aus, aber er fand keine Ruhe. Der strenge Wind
und sein herbes Arom hatten ihn seltsam erregt, und sein
Herz war unruhig wie in ängstlicher Erwartung von etwas
Süßem. Auch verursachte die Erschütterung, welche entstand, wenn das Schiff einen steilen Wogenberg hinabglitt 20
und die Schraube wie im Krampf außerhalb des Wassers
arbeitete, ihm arge Übelkeit. Er kleidete sich wieder vollends an und stieg ins Freie hinauf.

Wolken jagten am Monde vorbei. Das Meer tanzte.
Nicht runde und gleichmäßige Wellen kamen in Ordnung 25
daher, sondern weithin, in bleichem und flackerndem Licht,
war die See zerrissen, zerpeitscht, zerwühlt, leckte und sprang
in spitzen, flammenartigen Riesenzungen empor, warf neben
schaumerfüllten Klüften zackige und unwahrscheinliche
Gebilde auf und schien mit der Kraft ungeheurer Arme in 30
tollem Spiel den Gischt in alle Lüfte zu schleudern. Das
Schiff hatte schwere Fahrt; stampfend, schlenkernd und
ächzend arbeitete es sich durch den Tumult, und manchmal
hörte man den Eisbären und den Tiger, die unter dem See-

gang litten, in seinem Innern brüllen. Ein Mann im Wachstuchmantel, die Kapuze überm Kopf und eine Laterne um
den Leib geschnallt, ging breitbeinig und mühsam balancie-
rend auf dem Verdecke hin und her. Aber dort hinten
5 stand, tief über Bord gebeugt, der junge Mann aus Hamburg
und ließ es sich schlecht ergehen. „Gott," sagte er mit
hohler und wankender Stimme, als er Tonio Kröger gewahrte,
„sehen Sie doch bloß den Aufruhr der Elemente, Herr!"
Aber dann wurde er unterbrochen und wandte sich
10 eilig ab.

Tonio Kröger hielt sich an irgend einem gestrafften Tau
und blickte hinaus in all den unbändigen Übermut. In ihm
schwang sich ein Jauchzen auf, und ihm war, als sei es mächtig genug, um Sturm und Flut zu übertönen. Ein Sang
15 an das Meer, begeistert von Liebe, tönte in ihm. Du meiner
Jugend wilder Freund, so sind wir einmal noch vereint . . .
Aber dann war das Gedicht zu Ende. Es ward nicht fertig,
nicht rund geformt und nicht in Gelassenheit zu etwas
Ganzem geschmiedet. Sein Herz lebte . . .

20 Lange stand er so; dann streckte er sich auf einer Bank
am Kajütenhäuschen aus und blickte zum Himmel hinauf,
an dem die Sterne flackerten. Er schlummerte sogar ein
wenig. Und wenn der kalte Schaum in sein Gesicht spritzte,
so war es ihm im Halbschlaf wie eine Liebkosung.

25 Senkrechte Kreidefelsen, gespenstisch im Mondschein,
kamen in Sicht und näherten sich; das war Möen, die Insel.
Und wieder trat Schlummer dazwischen, unterbrochen von
salzigen Sprühschauern, die scharf ins Gesicht bissen und
die Züge erstarren ließen . . . Als er völlig wach wurde,
30 war es schon Tag, ein hellgrauer, frischer Tag, und die grüne
See ging ruhiger. Beim Frühstück sah er den jungen Kaufmann wieder, der heftig errötete, wahrscheinlich vor Scham,
im Dunkeln so poetische und blamable Dinge geäußert zu
haben, mit allen fünf Fingern seinen kleinen rötlichen

Schnurrbart emporstrich und ihm einen soldatisch scharfen
Morgengruß zurief, um ihn dann ängstlich zu meiden.

Und Tonio Kröger landete in Dänemark. Er hielt Ankunft in Kopenhagen, gab Trinkgeld an jeden, der sich die
Miene gab, als hätte er Anspruch darauf, durchwanderte von 5
seinem Hotelzimmer aus drei Tage lang die Stadt, indem er
sein Reisebüchlein aufgeschlagen vor sich her trug, und
benahm sich ganz wie ein besserer Fremder, der seine Kenntnisse zu bereichern wünscht. Er betrachtete des Königs
Neumarkt und das „Pferd" in seiner Mitte, blickte achtungs- 10
voll an den Säulen der Frauenkirche empor, stand lange vor
Thorwaldsens edlen und lieblichen Bildwerken, stieg auf den
Runden Turm, besichtigte Schlösser und verbrachte zwei
bunte Abende im Tivoli. Aber es war nicht so recht eigentlich all dies, was er sah. 15

An den Häusern, die oft ganz das Aussehen der alten Häu-
ser seiner Vaterstadt mit geschwungenen, durchbrochenen
Giebeln hatten, sah er Namen, die ihm aus alten Tagen
bekannt waren, die ihm etwas Zartes und Köstliches zu
bezeichnen schienen, und bei alldem etwas wie Vorwurf, 20
Klage und Sehnsucht nach Verlorenem in sich schlossen.
Und allerwegen, indes er in verlangsamten, nachdenklichen
Zügen die feuchte Seeluft atmete, sah er Augen, die so blau,
Haare, die so blond, Gesichter, die von eben der Art waren,
wie er sie in den seltsam wehen und reuigen Träumen der 25
Nacht geschaut, die er in seiner Vaterstadt verbracht hatte.
Es konnte geschehen, daß auf offener Straße ein Blick, ein
klingendes Wort, ein Auflachen ihn ins Innerste traf . . .

Es litt ihn nicht lange in der munteren Stadt. Eine Unruhe, süß und töricht, Erinnerung halb und halb Erwartung, 30
bewegte ihn, zusammen mit dem Verlangen, irgendwo still
am Strande liegen zu dürfen und nicht den angelegentlich
sich umtuenden Touristen spielen zu müssen. So schiffte er
sich aufs neue ein und fuhr an einem trüben Tage (die See

ging schwarz) nordwärts die Küste von Seeland entlang gen
Helsingör. Von dort setzte er seine Reise unverzüglich zu
Wagen auf dem Chausseewege fort, noch drei Viertelstunden
lang, immer ein wenig oberhalb des Meeres, bis er an seinem
5 letzten und eigentlichen Ziele hielt, dem kleinen weißen
Badehotel mit grünen Fensterläden, das inmitten einer Siedelung niedriger Häuschen stand und mit seinem holzge-
deckten Turm auf den Sand und die schwedische Küste
hinausblickte. Hier stieg er ab, nahm Besitz von dem hellen
10 Zimmer, das man ihm bereit gehalten, füllte Bord und Spind
mit dem, was er mit sich führte, und schickte sich an, hier
eine Weile zu leben.

VIII

SCHON RÜCKTE der September vor: es waren nicht mehr viele Gäste in Aalsgaard. Bei den Mahlzeiten in dem großen, balkengedeckten Eßsaal zu ebener Erde, dessen hohe Fenster auf die Glasveranda und die See hinausführten, führte die Wirtin den Vorsitz, ein bejahrtes Mädchen mit 5 weißem Haar, farblosen Augen, zartrosigen Wangen und einer haltlosen Zwitscherstimme, das immer seine roten Hände auf dem Tafeltuche ein wenig vorteilhaft zu gruppieren trachtete. Ein kurzhalsiger alter Herr mit eisgrauem Schifferbart und dunkelbläulichem Gesicht war da, ein 10 Fischhändler aus der Hauptstadt, der des Deutschen mächtig war. Er schien gänzlich verstopft und zum Schlagfluß geneigt, denn er atmete kurz und stoßweise und hob von Zeit zu Zeit den beringten Zeigefinger zu einem seiner Nasenlöcher empor, um es zuzudrücken und dem anderen durch 15 starkes Blasen ein wenig Luft zu verschaffen. Nichtsdestoweniger sprach er beständig der Aquavitflasche zu, die sowohl beim Frühstück als beim Mittag- und Abendessen vor ihm stand. Dann waren nur noch drei große amerikanische Jünglinge mit ihrem Gouverneur oder Hauslehrer 20 zugegen, der schweigend an seiner Brille rückte und tagüber mit ihnen Fußball spielte. Sie trugen ihr rotgelbes Haar in der Mitte gescheitelt und hatten lange, unbewegte Gesichter. „*Please, give me the wurst-things there!*" sagte der eine. „*That's not wurst, that's schinken!*" sagte ein anderer, und 25 dies war alles, was sowohl sie als der Hauslehrer zur Unterhaltung beitrugen; denn sonst saßen sie still und tranken heißes Wasser.

Tonio Kröger hätte sich keine andere Art von Tischgesellschaft gewünscht. Er genoß seinen Frieden, horchte auf die
dänischen Kehllaute, die hellen und trüben Vokale, in denen
der Fischhändler und die Wirtin zuweilen konversierten,
5 wechselte hie und da mit dem ersteren eine schlichte Bemerkung über den Barometerstand und erhob sich dann, um
durch die Veranda wieder an den Strand hinunterzugehen,
wo er schon lange Morgenstunden verbracht hatte.

Manchmal war es dort still und sommerlich. Die See
10 ruhte träge und glatt, in blauen, flaschengrünen und rötlichen Streifen, von silbrig glitzernden Lichtreflexen überspielt, der Tang dörrte zu Heu in der Sonne, und die Quallen
lagen da und verdunsteten. Es roch ein wenig faulig und
ein wenig auch nach dem Teer des Fischerbootes, an welches
15 Tonio Kröger, im Sande sitzend, den Rücken lehnte, — so
gewandt, daß er den offenen Horizont und nicht die schwedische Küste vor Augen hatte; aber des Meeres leiser Atem
strich rein und frisch über alles hin.

Und graue, stürmische Tage kamen. Die Wellen beugten
20 die Köpfe wie Stiere, die die Hörner zum Stoße einlegen, und
rannten wütend gegen den Strand, der hoch hinauf überspielt und mit naßglänzendem Seegras, Muscheln und ange-
schwemmtem Holzwerk bedeckt war. Zwischen den lang-
gestreckten Wellenhügeln dehnten sich unter dem verhängten
25 Himmel blaßgrün-schaumig die Täler; aber dort, wo hinter
den Wolken die Sonne stand, lag auf den Wassern ein weiß-
licher Sammetglanz.

Tonio Kröger stand in Wind und Brausen eingehüllt,
versunken in dies ewige, schwere, betäubende Getöse, das er
30 so sehr liebte. Wandte er sich und ging fort, so schien es
plötzlich ganz ruhig und warm um ihn her. Aber im Rücken
wußte er sich das Meer; es rief, lockte und grüßte. Und er
lächelte.

Er ging landeinwärts, auf Wiesenwegen durch die Einsamkeit, und bald nahm Buchenwald ihn auf, der sich hügelig weit in die Gegend erstreckte. Er setzte sich ins Moos, an einen Baum gelehnt, so, daß er zwischen den Stämmen einen Streifen des Meeres gewahren konnte. Zuweilen trug der Wind das Geräusch der Brandung zu ihm, das klang, wie 5 wenn in der Ferne Bretter aufeinander fallen. Krähengeschrei über den Wipfeln, heiser, öde und verloren . . . Er hielt ein Buch auf den Knien, aber er las nicht eine Zeile darin. Er genoß ein tiefes Vergessen, ein erlöstes Schweben über Raum und Zeit, und nur zuweilen war es, als würde 10 sein Herz von einem Weh durchzuckt, einem kurzen, stechenden Gefühl von Sehnsucht oder Reue, das nach Namen und Herkunft zu fragen er zu träge und versunken war.

So verging mancher Tag; er hätte nicht zu sagen vermocht, wie viele, und trug kein Verlangen danach, es zu 15 wissen. Dann aber kam einer, an welchem etwas geschah; es geschah, während die Sonne am Himmel stand und Menschen zugegen waren, und Tonio Kröger war nicht einmal so außerordentlich erstaunt darüber.

Gleich dieses Tages Anfang gestaltete sich festlich und 20 entzückend. Tonio Kröger erwachte sehr früh und ganz plötzlich, fuhr mit einem feinen und unbestimmten · Erschrecken aus dem Schlafe empor und glaubte, in ein Wunder, einen feenhaften Beleuchtungszauber hineinzublicken. Sein Zimmer, mit Glastür und Balkon nach dem Sunde hinaus 25 gelegen und durch einen dünnen, weißen Gazevorhang in Wohn- und Schlafraum geteilt, war zartfarbig tapeziert und mit leichten, hellen Möbeln versehen, so daß es stets einen lichten und freundlichen Anblick bot. Nun aber sahen seine schlaftrunkenen Augen es in einer unirdischen Verklärung 30 und Illumination vor sich liegen, über und über getaucht in einen unsäglich holden und duftigen Rosenschein, der Wände und Möbel vergoldete und den Gazevorhang in ein mildes, rotes Glühen versetzte . . . Tonio Kröger begriff lange

nicht, was sich ereignete. Als er aber vor der Glastür stand
und hinausblickte, sah er, daß es die Sonne war, die aufging.
Mehrere Tage lang war es trüb und regnicht gewesen;
jetzt aber spannte sich der Himmel wie aus straffer, blaß-
5 blauer Seide schimmernd klar über See und Land, und durch-
quert und umgeben von rot und golden durchleuchteten
Wolken, erhob sich feierlich die Sonnenscheibe über das
flimmernd gekrauste Meer, das unter ihr zu erschauern und
zu erglühen schien . . . So hub der Tag an, und verwirrt
10 und glücklich warf Tonio Kröger sich in die Kleider, früh-
stückte vor allen anderen drunten in der Veranda, schwamm
hierauf von dem kleinen hölzernen Badehäuschen aus eine
Strecke in den Sund hinaus und tat dann einen stundenlangen
Gang am Strande hin. Als er zurückkehrte, hielten mehrere
15 omnisbusartige Wagen vorm Hotel, und vom Eßsaal aus
gewahrte er, daß sowohl in dem anstoßenden Gesellschafts-
zimmer, dort, wo das Klavier stand, als auch in der Veranda
und auf der Terrasse, die davor lag, Menschen in großer
Anzahl, kleinbürgerlich gekleidete Herrschaften, an runden
20 Tischen saßen und unter angeregten Gesprächen Bier mit
Butterbrot genossen. Es waren ganze Familien, ältere und
junge Leute, ja sogar ein paar Kinder.
Beim zweiten Frühstück (der Tisch trug schwer an kalter
Küche, Geräuchertem, Gesalzenem und Gebackenem) erkun-
25 digte sich Tonio Kröger, was vor sich gehe.
„Gäste!" sagte der Fischhändler. „Ausflügler und Ball-
gäste aus Helsingör! Ja, Gott soll uns bewahren, wir
werden nicht schlafen können, diese Nacht! Es wird Tanz
geben, Tanz und Musik, und man muß fürchten, daß das
30 lange dauert. Es ist eine Familienvereinigung, eine Landpartie nebst Reunion, kurzum eine Subskription oder dergleichen, und sie genießen den schönen Tag. Sie sind zu
Boot und zu Wagen gekommen und jetzt frühstücken sie.
Später fahren sie noch weiter über Land, aber abends kom-

men sie wieder, und dann ist Tanzbelustigung hier im Saale.
Ja, verdammt und verflucht, wir werden kein Auge zu-
tun . . ."

„Das ist eine hübsche Abwechslung," sagte Tonio Kröger.
Hierauf wurde längere Zeit nichts mehr gesprochen. Die 5
Wirtin ordnete ihre roten Finger, der Fischhändler blies
durch das rechte Nasenloch, um sich ein wenig Luft zu verschaffen, und die Amerikaner tranken heißes Wasser und
machten lange Gesichter dazu.

Da geschah dies auf einmal: Hans Hansen und In- 10
geborg Holm gingen durch den Saal. —
Tonio Kröger lehnte, in einer wohligen Ermüdung nach
dem Bade und seinem hurtigen Gang, im Stuhl und aß
geräucherten Lachs auf Röstbrot; — er saß der Veranda und
dem Meere zugewandt. Und plötzlich öffnete sich die Tür, 15
und Hand in Hand kamen die beiden herein, — schlendernd
und ohne Eile. Ingeborg, die blonde Inge, war hell gekleidet,
wie sie in der Tanzstunde bei Herrn Knaak zu sein pflegte.
Das leichte, geblümte Kleid reichte ihr nur bis zu den
Knöcheln, und um die Schultern trug sie einen breiten, 20
weißen Tüllbesatz mit spitzem Ausschnitt, der ihren weichen,
geschmeidigen Hals freiließ. Der Hut hing hier an seinen
zusammengeknüpften Bändern über dem einen Arm. Sie
war vielleicht ein klein wenig erwachsener als sonst, und
trug ihren wunderbaren Zopf nun um den Kopf gelegt; aber 25
Hans Hansen war ganz wie immer. Er hatte seine Seemanns-Überjacke mit den goldenen Knöpfen an, über
welcher auf Schultern und Rücken der breite, blaue Kragen
lag; die Matrosenmütze mit den kurzen Bändern hielt er in
der hinabhängenden Hand und schlenkerte sie sorglos hin 30
und her. Ingeborg hielt ihre schmal geschnittenen Augen
abgewandt, vielleicht ein wenig geniert durch die speisenden
Leute, die auf sie schauten. Allein Hans Hansen wandte
nun gerade und aller Welt zum Trotz den Kopf nach der

Frühstückstafel und musterte mit seinen stahlblauen Augen
Einen nach dem Anderen herausfordernd und gewissermaßen verächtlich; er ließ sogar Ingeborgs Hand fahren
und schwenkte seine Mütze noch heftiger hin und her, um
5 zu zeigen, was für ein Mann er sei. So gingen die beiden,
mit dem still blauenden Meere als Hintergrund, vor Tonio
Krögers Augen vorüber, durchmaßen den Saal seiner Länge
nach und verschwanden durch die entgegengesetzte Tür im
Klavierzimmer.

10   Dies begab sich um halb zwölf Uhr vormittags, und noch
während die Kurgäste beim Frühstück saßen, brach nebenan
und in der Veranda die Gesellschaft auf und verließ, ohne
daß noch jemand den Eßsaal betreten hätte, durch den
Seitenzugang, der vorhanden war, das Hotel. Man hörte,
15 wie draußen unter Scherzen und Gelächter die Wagen bestie-
gen wurden, wie ein Gefährt nach dem anderen auf der
Landstraße sich knirschend in Bewegung setzte und davon-
rollte . . .

     „Sie kommen also wieder?" fragte Tonio Kröger . . .
20   „Das tun sie!" sagte der Fischhändler. „Und Gott sei's
geklagt. Sie haben Musik bestellt, müssen Sie wissen, und
ich schlafe hier überm Saale."

     „Das ist eine hübsche Abwechslung," wiederholte Tonio
Kröger. Dann stand er auf und ging fort.

25   Er verbrachte den Tag, wie er die anderen verbracht
hatte, am Strande, im Walde, hielt ein Buch auf den Knien
und blinzelte in die Sonne. Er bewegte nur einen Gedanken:
diesen, daß sie wiederkehren und im Saale Tanzbelustigung
abhalten würden, wie es der Fischhändler versprochen hatte;
30 und er tat nichts, als sich hierauf freuen, mit einer so ängst-
lichen und süßen Freude, wie er sie lange, tote Jahre hindurch nicht mehr erprobt hatte. Einmal, durch irgend eine
Verknüpfung von Vorstellungen, erinnerte er sich flüchtig
eines fernen Bekannten, Adalberts, des Novellisten. der

wußte, was er wollte, und sich ins Kaffeehaus begeben hatte,
um der Frühlingsluft zu entgehen. Und er zuckte die
Achseln über ihn . . .

Es wurde früher als gewöhnlich zu Mittag gegessen, und
das Abendbrot nahm man ebenfalls zeitiger als sonst, im 5
Klavierzimmer, weil im Saale schon Vorbereitungen zum
Balle getroffen wurden: auf so festliche Art war alles in
Unordnung gebracht. Dann, als es schon dunkel war und
Tonio Kröger in seinem Zimmer saß, ward es wieder lebendig
auf der Landstraße und im Hause. Die Ausflügler kehrten 10
zurück; ja, aus der Richtung von Helsingör trafen zu Rad
und zu Wagen noch neue Gäste ein, und bereits hörte man
drunten im Hause eine Geige stimmen und eine Klarinette
näselnde Übungsläufe vollführen . . . Alles versprach, daß
es ein glänzendes Ballfest geben werde.   15

Nun setzte das kleine Orchester mit einem Marsche ein:
gedämpft und taktfest scholl es herauf: man eröffnete den
Tanz mit einer Polonaise. Tonio Kröger saß noch eine
Weile still und lauschte. Als er aber vernahm, wie das
Marschtempo in Walzertakt überging, machte er sich auf 20
und schlich geräuschlos aus seinem Zimmer.

Von dem Korridor, an dem es gelegen war, konnte man
über eine Nebentreppe zu dem Seiteneingang des Hotels und
von dort, ohne ein Zimmer zu berühren, in die Glasveranda
gelangen. Diesen Weg nahm er, leise und verstohlen, als 25
befinde er sich auf verbotenen Pfaden, tastete sich behutsam
durch das Dunkel, unwiderstehlich angezogen von dieser
dummen und selig wiegenden Musik, deren Klänge schon
klar und ungedämpft zu ihm drangen.

Die Veranda war leer und unerleuchtet, aber die Glastür 30
zum Saale, wo die beiden großen, mit blanken Reflektoren
versehenen Petroleumlampen hell erstrahlten, stand geöffnet.
Dorthin schlich er sich auf leisen Sohlen, und der diebische
Genuß, hier im Dunkeln stehen und ungesehen die belau-

schen zu dürfen, die im Lichte tanzten, verursachte ein
Prickeln in seiner Haut. Hastig und begierig sandte er seine
Blicke nach den beiden aus, die er suchte . . .

Die Fröhlichkeit des Festes schien schon ganz frei ent·
5 faltet, obgleich es kaum seit einer halben Stunde eröffnet
war; aber man war ja bereits warm und angeregt hieherge-
kommen, nachdem man den ganzen Tag miteinander verbracht, sorglos, gemeinsam und glücklich. Im Klavierzimmer, das Tonio Kröger überblicken konnte, wenn er sich ein
10 wenig weiter vorwagte, hatten sich mehrere ältere Herren
rauchend und trinkend beim Kartenspiel vereinigt; aber
andere saßen bei ihren Gattinnen im Vordergrunde auf den
Plüschstühlen und an den Wänden des Saales und sahen dem
Tanze zu. Sie hielten die Hände auf die gespreizten Knie
15 gestützt und bliesen mit einem wohlhabenden Ausdruck die
Wangen auf, indes die Mütter, Kapotthütchen auf den
Scheiteln, die Hände unter der Brust zusammenlegten und
mit seitwärts geneigten Köpfen in das Getümmel der jungen
Leute schauten. Ein Podium war an der einen Längswand
20 des Saales errichtet worden, und dort taten die Musikanten
ihr Bestes. Sogar eine Trompete war da, welche mit einer
gewissen zögernden Behutsamkeit blies, als fürchtete sie sich
vor ihrer eigenen Stimme, die sich dennoch beständig brach
und überschlug . . . Wogend und kreisend bewegten sich
25 die Paare umeinander, indes andere Arm in Arm den Saal
umwandelten. Man war nicht ballmäßig gekleidet, sondern
nur wie an einem Sommersonntag, den man im Freien ver-
bringt: die Kavaliere in kleinstädtisch geschnittenen Anzü-
gen, denen man ansah, daß sie die ganze Woche geschont
30 wurden, und die jungen Mädchen in lichten und leichten
Kleidern mit Feldblumensträußchen an den Miedern. Auch
ein paar Kinder waren im Saale und tanzten untereinander
auf ihre Art, sogar wenn die Musik pausierte. Ein langbei-
niger Mensch in schwalbenschwanzförmigem Röckchen, ein

Provinzlöwe mit Augenglas und gebranntem Haupthaar,
Postadjunkt oder dergleichen und wie die fleischgewordene
komische Figur aus einem dänischen Roman, schien Festordner und Kommandeur des Balles zu sein. Eilfertig,
transpirierend und mit ganzer Seele bei der Sache, war er 5
überall zugleich, schwänzelte übergeschäftig durch den Saal,
indem er kunstvoll mit den Zehenspitzen zuerst auftrat und
die Füße, die in glatten und spitzen Militärstiefeletten
steckten, auf eine verzwickte Art kreuzweis übereinander
setzte, schwang die Arme in der Luft, traf Anordnungen, rief 10
nach Musik, klatschte in die Hände, und bei all dem flogen
die Bänder der großen, bunten Schleife, die als Zeichen seiner
Würde auf seiner Schulter befestigt war und nach der er
manchmal liebevoll den Kopf drehte, flatternd hinter ihm
drein. 15
Ja, sie waren da, die beiden, die heute im Sonnenlicht an
Tonio Kröger vorübergezogen waren, er sah sie wieder und
erschrak vor Freude, als er sie fast gleichzeitig gewahrte.
Hier stand Hans Hansen, ganz nahe bei ihm, dicht an der
Tür; breitbeinig und ein wenig vorgebeugt, verzehrte er 20
bedächtig ein großes Stück Sandtorte, wobei er die hohle
Hand unters Kinn hielt, um die Krümel aufzufangen. Und
dort an der Wand saß Ingeborg Holm, die blonde Inge, und
eben schwänzelte der Adjunkt auf sie zu, um sie durch eine
ausgesuchte Verbeugung zum Tanze aufzufordern, wobei er 25
die eine Hand auf den Rücken legte und die andere graziös
in den Busen schob; aber sie schüttelte den Kopf und
deutete an, daß sie zu atemlos sei und ein wenig ruhen müsse,
worauf der Adjunkt sich neben sie setzte.
Tonio Kröger sah sie an, die beiden, um die er vor Zeiten 30
Liebe gelitten hatte, — Hans und Ingeborg. Sie waren es
nicht so sehr vermöge einzelner Merkmale und der Ähnlichkeit der Kleidung, als kraft der Gleichheit der Rasse und des
Typus, dieser lichten, stahlblauäugigen und blondhaarigen

Art, die eine Vorstellung von Reinheit, Ungetrübtheit, Heiterkeit und einer zugleich stolzen und schlichten, unberührt-
baren Sprödigkeit hervorrief . . . Er sah sie an, sah, wie
Hans Hansen so keck und wohlgestaltet wie nur jemals,
5 breit in den Schultern und schmal in den Hüften, in seinem
Matrosenanzug dastand, sah, wie Ingeborg auf eine gewisse
übermütige Art lachend den Kopf zur Seite warf, auf eine
gewisse Art ihre Hand, eine gar nicht besonders schmale, gar
nicht besonders feine Klein-Mädchenhand, zum Hinterkopfe
10 führte, wobei der leichte Ärmel von ihrem Ellenbogen zurückglitt, — und plötzlich erschütterte das Heimweh seine
Brust mit einem solchen Schmerz, daß er unwillkürlich weiter
ins Dunkel zurückwich, damit niemand das Zucken seines
Gesichtes sähe.

15 Hatte ich euch vergessen? fragte er. Nein, niemals!
Nicht dich, Hans, noch dich, blonde Inge! Ihr wart es ja,
für die ich arbeitete, und wenn ich Applaus vernahm, blickte
ich heimlich um mich, ob ihr daran teilhättet . . . Hast du
nun den *Don Carlos* gelesen, Hans Hansen, wie du es mir an
20 eurer Gartenpforte verspracht? Tu's nicht! ich verlange
es nicht mehr von dir. Was geht dich der König an, der
weint, weil er einsam ist? Du sollst deine hellen Augen
nicht trüb und traumblöde machen vom Starren in Verse
und Melancholie . . . Zu sein wie du! Noch einmal an-
25 fangen, aufwachsen gleich dir, rechtschaffen, fröhlich und
schlicht, regelrecht, ordnungsgemäß und im Einverständnis
mit Gott und der Welt, geliebt werden von den Harmlosen
und Glücklichen, dich zum Weibe nehmen, Ingeborg Holm,
und einen Sohn haben wie du, Hans Hansen, — frei vom
30 Fluch der Erkenntnis und der schöpferischen Qual leben,
lieben und loben in seliger Gewöhnlichkeit! . . . Noch
einmal anfangen? Aber es hülfe nichts. Es würde wieder
so werden, — alles würde wieder so kommen, wie es gekommen ist. Denn Etliche gehen mit Notwendigkeit in die

Irre, weil es einen rechten Weg für sie überhaupt nicht
gibt.

Nun schwieg die Musik; es war Pause, und Erfrischungen
wurden gereicht. Der Adjunkt eilte persönlich mit einem
Teebrett voll Heringssalat umher und bediente die Damen: 5
aber vor Ingeborg Holm ließ er sich sogar auf ein Knie nieder,
als er ihr das Schälchen reichte, und sie errötete vor Freude
darüber.

Man begann jetzt dennoch im Saale auf den Zuschauer
unter der Glastür aufmerksam zu werden, und aus hübschen, 10
erhitzten Gesichtern trafen ihn fremde und forschende
Blicke; aber er behauptete trotzdem seinen Platz. Auch
Ingeborg und Hans streiften ihn beinahe gleichzeitig mit den
Augen, mit jener vollkommenen Gleichgültigkeit, die fast
das Ansehen der Verachtung hat. Plötzlich jedoch ward er 15
sich bewußt, daß von irgendwoher ein Blick zu ihm drang
und auf ihm ruhte . . . Er wandte den Kopf, und sofort
trafen seine Augen mit denen zusammen, deren Berührung
er empfunden hatte. Ein Mädchen stand nicht weit von
ihm, mit blassem, schmalem und feinem Gesicht, das er 20
schon früher bemerkt hatte. Sie hatte nicht viel getanzt,
die Kavaliere hatten sich nicht sonderlich um sie bemüht,
und er hatte sie einsam mit herb geschlossenen Lippen an
der Wand sitzen sehen. Auch jetzt stand sie allein. Sie
war hell und duftig gekleidet, wie die anderen, aber unter 25
dem durchsichtigen Stoff ihres Kleides schimmerten ihre
bloßen Schultern spitz und dürftig, und der magere Hals
stak so tief zwischen diesen armseligen Schultern, daß das
stille Mädchen fast ein wenig verwachsen erschien. Ihre
Hände, mit dünnen Halbhandschuhen bekleidet, hielt sie so 30
vor der flachen Brust, daß die Fingerspitzen sich sacht
berührten. Gesenkten Kopfes blickte sie Tonio Kröger von
unten herauf mit schwarzen, schwimmenden Augen an.
Er wandte sich ab . . .

Hier, ganz nahe bei ihm, saßen Hans und Ingeborg. Er
hatte sich zu ihr gesetzt, die vielleicht seine Schwester war,
und umgeben von anderen rotwangigen Menschenkindern
aßen und tranken sie, schwatzten und vergnügten sich, riefen
5 sich mit klingenden Stimmen Neckereien zu und lachten hell
in die Luft. Konnte er sich ihnen nicht ein wenig nähern?
Nicht an ihn oder sie ein Scherzwort richten, das ihm einfiel
und das sie ihm wenigstens mit einem Lächeln beantworten
mußten? Es würde ihn beglücken, er sehnte sich danach;
10 er würde dann zufriedener in sein Zimmer zurückkehren, mit
dem Bewußtsein, eine kleine Gemeinschaft mit den beiden
hergestellt zu haben. Er dachte sich aus, was er sagen
könnte; aber er fand nicht den Mut, es zu sagen. Auch war
es ja wie immer: sie würden ihn nicht verstehen, würden
15 befremdet auf das horchen, was er zu sagen vermöchte.
Denn ihre Sprache war nicht seine Sprache.

Nun schien der Tanz aufs neue beginnen zu sollen. Der
Adjunkt entfaltete eine umfassende Tätigkeit. Er eilte
umher und forderte alle Welt zum Engagieren auf, räumte
20 mit Hilfe des Kellners Stühle und Gläser aus dem Wege,
erteilte den Musikern Befehle und schob einzelne Täppische,
die nicht wußten wohin, an den Schultern vor sich her. Was
hatte man vor? Je vier und vier Paare bildeten Karrees ...
Eine schreckliche Erinnerung machte Tonio Kröger erröten.
25 Man tanzte Quadrille.

Die Musik setzte ein, und die Paare schritten unter Verbeugungen durcheinander. Der Adjunkt kommandierte; er
kommandierte, bei Gott, auf französisch und brachte die
Nasallaute auf unvergleichlich distingierte Art hervor. In-
30 geborg Holm tanzte dicht vor Tonio Kröger, in dem Karree,
das sich unmittelbar an der Glastür befand. Sie bewegte
sich vor ihm hin und her, vorwärts und rückwärts, schreitend
und drehend; ein Duft, der von ihrem Haar oder dem zarten
Stoff ihres Kleides ausging, berührte ihn manchmal, und er

schloß die Augen in einem Gefühl, das ihm von je so wohl
bekannt gewesen, dessen Arom und herben Reiz er in all
diesen letzten Tagen leise verspürt hatte und das ihn nun
wieder ganz mit seiner süßen Drangsal erfüllte. Was war
es doch? Sehnsucht, Zärtlichkeit? Neid? Selbstverach- 5
tung? . . . *Moulinet des dames!* Lachtest du, blonde
Inge, lachtest du mich aus, als ich *moulinet* tanzte und mich
so jämmerlich blamierte? Und würdest du auch heute noch
lachen, nun da ich doch so etwas wie ein berühmter Mann
geworden bin? Ja, das würdest du und würdest dreimal 10
recht daran tun! Und wenn ich, ich ganz allein, die *neun
Symphonien*, die *Welt als Wille und Vorstellung* und das
Jüngste Gericht vollbracht hätte, — du würdest ewig recht
haben zu lachen . . . Er sah sie an, und eine Verszeile fiel
ihm ein, deren er sich lange nicht erinnert hatte und die ihm 15
doch so vertraut und verwandt war: „Ich möchte schlafen,
aber du mußt tanzen." Er kannte sie so gut, die melan-
cholisch-nordische, innig-ungeschickte Schwerfälligkeit der
Empfindung, die daraus sprach. Schlafen . . . Sich danach sehnen, einfach und völlig dem Gefühle leben zu dürfen, 20
das ohne die Verpflichtung, zur Tat und zum Tanz zu werden,
süß und träge in sich selber ruht, — und dennoch tanzen,
behend und geistesgegenwärtig den schweren, schweren und
gefährlichen Messertanz der Kunst vollführen zu müssen,
ohne je ganz des demütigenden Widersinnes zu vergessen, 25
der darin lag, tanzen zu müssen, indes man liebte . . .

Auf einmal geriet das Ganze in eine tolle und ausgelassene
Bewegung. Die Karrees hatten sich aufgelöst, und sprin-
gend und gleitend stob alles umher: man beschloß die
Quadrille mit einem Galopp. Die Paare flogen zum rasenden 30
Eiltakt der Musik an Tonio Kröger vorüber, schassierend,
hastend, einander überholend, mit kurzem, atemlosem Gelächter. Eines kam daher, mitgerissen von der allgemeinen Jagd, kreisend und vorwärts sausend. Das Mädchen

hatte ein blasses feines Gesicht und magere, zu hohe Schultern. Und plötzlich, dicht vor ihm, entstand ein Stolpern,
Rutschen und Stürzen . . . Das blasse Mädchen fiel hin.
Sie fiel so hart und heftig, daß es fast gefährlich aussah, und
5 mit ihr der Kavalier. Dieser mußte sich so gröblich weh
getan haben, daß er seiner Tänzerin ganz vergaß, denn, nur
halbwegs aufgerichtet, begann er unter Grimassen seine Knie
mit den Händen zu reiben; und das Mädchen, scheinbar
ganz betäubt vom Falle, lag noch immer am Boden. Da
10 trat Tonio Kröger vor, faßte sie sacht an den Armen und hob
sie auf. Abgehetzt, verwirrt und unglücklich sah sie zu ihm
empor, und plötzlich färbte ihr zartes Gesicht sich mit einer
matten Röte.

„*Tak! O, mange Tak!*" sagte sie und sah ihn von unten
15 herauf mit dunklen, schwimmenden Augen an.

„Sie sollten nicht mehr tanzen, Fräulein," sagte er sanft.
Dann blickte er sich noch einmal nach ihnen um, nach
Hans und Ingeborg, und ging fort, verließ die Veranda und
den Ball und ging in sein Zimmer hinauf.

20 Er war berauscht von dem Feste, an dem er nicht teil
gehabt, und müde von Eifersucht. Wie früher, ganz wie
früher war es gewesen! Mit erhitztem Gesicht hatte er an
dunkler Stelle gestanden, in Schmerzen um euch, ihr Blonden, Lebendigen, Glücklichen, und war dann einsam hinweg-
25 gegangen. Jemand müßte nun kommen! Ingeborg müßte
nun kommen, müßte bemerken, daß er fort war, müßte ihm
heimlich folgen, ihm die Hand auf die Schulter legen und
sagen: Komm herein zu uns! Sei froh! Ich liebe dich!
. . . Aber sie kam keineswegs. Dergleichen geschah nicht.
30 Ja, wie damals war es, und er war glücklich wie damals.
Denn sein Herz lebte. Was aber war gewesen während all
der Zeit, in der er das geworden, was er nun war? — Erstarrung; Öde; Eis; und Geist! Und Kunst! . . .

Er entkleidete sich, legte sich zur Ruhe, löschte das Licht.

Er flüsterte zwei Namen in das Kissen hinein, diese paar keuschen, nordischen Silben, die ihm seine eigentliche und ursprüngliche Liebes-, Leides- und Glücksart, das Leben, das simple und innige Gefühl, die Heimat bezeichneten. Er blickte zurück auf die Jahre seit damals bis auf diesen Tag. 5 Er gedachte der wüsten Abenteuer der Sinne, der Nerven und des Gedankens, die er durchlebt, sah sich zerfressen von Ironie und Geist, verödet und gelähmt von Erkenntnis, halb aufgerieben von den Fiebern und Frösten des Schaffens, haltlos und unter Gewissensnöten zwischen krassen Extre-10 men, zwischen Heiligkeit und Brunst hin- und hergeworfen, raffiniert, verarmt, erschöpft von kalten und künstlich erlesenen Exaltationen, verirrt, verwüstet, zermartert, krank — und schluchzte vor Reue und Heimweh.

Um ihn war es still und dunkel. Aber von unten tönte 15 gedämpft und wiegend des Lebens süßer, trivialer Dreitakt zu ihm herauf.

IX

Tonio Kröger saß im Norden und schrieb an Lisaweta
Iwanowna, seine Freundin, wie er es ihr versprochen
hatte.

Liebe Lisaweta dort unten in Arkadien, wohin ich bald
5 zurückkehren werde, schrieb er. Hier ist nun also so etwas
wie ein Brief, aber er wird Sie wohl enttäuschen, denn ich
denke, ihn ein wenig allgemein zu halten. Nicht, daß ich
so gar nichts zu erzählen, auf meine Weise nicht dies und
das erlebt hätte. Zu Hause, in meiner Vaterstadt, wollte
10 man mich sogar verhaften . . . aber davon sollen Sie mündlich hören. Ich habe jetzt manchmal Tage, an denen ich es
vorziehe, auf gute Art etwas allgemeines zu sagen, anstatt
Geschichten zu erzählen.

Wissen Sie wohl noch, Lisaweta, daß Sie mich einmal
15 einen Bürger, einen verirrten Bürger nannten? Sie nannten
mich so in einer Stunde, da ich Ihnen, verführt durch andere
Geständnisse, die ich mir vorher hatte entschlüpfen lassen,
meine Liebe zu dem gestand, was ich das Leben nenne; und
ich frage mich, ob Sie wohl wußten, wie sehr Sie damit die
20 Wahrheit trafen, wie sehr mein Bürgertum und meine Liebe
zum „Leben" eins und dasselbe sind. Diese Reise hat mir
Veranlassung gegeben, darüber nachzudenken . . .

Mein Vater, wissen Sie, war ein nordisches Temperament:
betrachtsam, gründlich, korrekt aus Puritanismus und zur
25 Wehmut geneigt; meine Mutter von unbestimmt exotischem
Blut, schön, sinnlich, naiv, zugleich fahrlässig und leidenschaftlich und von einer impulsiven Liederlichkeit. Ganz
ohne Zweifel war dies eine Mischung, die außerordentliche

78

Möglichkeiten — und außerordentliche Gefahren in sich schloß. Was herauskam, war dies: ein Bürger, der sich in die Kunst verirrte, ein Bohemien mit Heimweh nach der guten Kinderstube, ein Künstler mit schlechtem Gewissen. Denn mein bürgerliches Gewissen ist es ja, was mich in allem Künstlertum, aller Außerordentlichkeit und allem Genie etwas tief Zweideutiges, tief Anrüchiges, tief Zweifelhaftes erblicken läßt, was mich mit dieser verliebten Schwäche für das Simple, Treuherzige und Angenehm-Normale, das Ungeniale und Anständige erfüllt.   10

Ich stehe zwischen zwei Welten, bin in keiner daheim und habe es infolge dessen ein wenig schwer. Ihr Künstler nennt mich einen Bürger, und die Bürger sind versucht, mich zu verhaften . . . ich weiß nicht, was von beidem mich bitterer kränkt. Die Bürger sind dumm: ihr Anbeter der Schönheit 15 aber, die ihr mich phlegmatisch und ohne Sehnsucht heißt, solltet bedenken, daß es ein Künstlertum gibt, so tief, so von Anbeginn und Schicksals wegen, daß keine Sehnsucht ihm süßer und empfindenswerter erscheint als die nach den Wonnen der Gewöhnlichkeit.   20

Ich bewundere die Stolzen und Kalten, die auf den Pfaden der großen, der dämonischen Schönheit abenteuern und den „Menschen" verachten, — aber ich beneide sie nicht. Denn wenn irgend etwas imstande ist, aus einem Literaten einen Dichter zu machen, so ist es diese meine Bürgerliebe zum 25 Menschlichen, Lebendigen und Gewöhnlichen. Alle Wärme, alle Güte, aller Humor kommt aus ihr, und fast will mir scheinen, als sei sie jene Liebe selbst, von der geschrieben steht, daß Einer mit Menschen- und Engelszungen reden könnte und ohne sie doch nur ein tönendes Erz und eine 30 klingende Schelle sei.

Was ich getan habe, ist nichts, nicht viel, so gut wie nichts. Ich werde Besseres machen, Lisaweta, — dies ist ein Versprechen. Während ich schreibe, rauscht das Meer zu mir

herauf, und ich schließe die Augen. Ich schaue in eine unge-
borene und schemenhafte Welt hinein, die geordnet und
gebildet sein will, ich sehe in ein Gewimmel von Schatten
menschlicher Gestalten, die mir winken, daß ich sie banne
5 und erlöse: tragische und lächerliche und solche, die beides
zugleich sind, — und diesen bin ich sehr zugetan. Aber
meine tiefste und verstohlenste Liebe gehört den Blonden
und Blauäugigen, den hellen Lebendigen, den Glücklichen,
Liebenswürdigen und Gewöhnlichen.

10 Schelten Sie diese Liebe nicht, Lisaweta; sie ist gut und
fruchtbar. Sehnsucht ist darin und schwermütiger Neid
und ein klein wenig Verachtung und eine ganze keusche
Seligkeit.

NOTES

1, 15. Wotanshut, Jupiterbart; symbols of authority. Odin, or Woden (cf. Wednesday), the chief god of the Northern pantheon, is represented as an old man with one eye. He wore a broad-brimmed hat pulled down low over his forehead, which represented the clouds that encircle the sun. Jupiter's beard is represented as gray and curly.

2, 18. Konsul; The Krögers, like the Buddenbrooks (in Thomas Mann's novel *Buddenbrooks*), were hereditary consuls in the " freie Reichsstadt " Lübeck, scene of Tonio Kröger's and of Thomas Mann's youth. Konsul Buddenbrook looked after the interests, especially the commercial interests, of Holland, and Thomas, the last Konsul Buddenbrook, became also a Senator. His mother was of the " Familie der Kröger."

3, 2. ein südlich scharf geschnittenes Gesicht, *a Southern type of face with sharp features.*

28. Wälle — Mühlenwall, Holstenwall: These *Wallanlagen* are a park-like promenade replacing the old city walls and moat and often extending all around the old city limits, as in Vienna or Leipsic.

8, 4. Don Carlos (1787), appealed strongly to Mann in his youth; is mentioned in *Buddenbrooks;* also, perhaps on account of a contemporary performance at the Staatstheater, Munich, in *Unordnung und frühes Leid.* The passage is from Act IV, Scene 23:

Lerma. . . . Der König hat
  Geweint.
Domingo. Geweint?
Alle (*zugleich, mit betretnem Erstaunen*). Der König hat geweint?

Marquis von Posa has succeeded in convincing the king that it is he and not Don Carlos who is in love with the latter's stepmother, the young queen, Elizabeth of Valois. Posa transfers the king's suspicions from the prince to himself through the contents of a letter addressed to William of Orange which he knows will fall into the king's hands.

9, 5. Daß alle Briefe nach Brabant und Flandern —
  Dem König ausgeliefert werden. (*Don Carlos*, Act V, Scene 3)

34. Einen Augenblick schnürte sich ihm die Kehle zu, *for a moment he felt a lump in his throat.*

10, 5. Übrigens kannst du ja nichts dafür, *but of course you can't help it.*

9. als ob er zum Guten reden wollte, *as if he wished to smooth things over, make Tonio feel better.*

15. Denn meine Mutter ist doch von drüben, *for my mother is from the other side, you know.* " Drüben " should doubtless be taken to mean South America.

11, 20. weil er einmal im Zuge war, *now that he was once started.*

14, 7. daß Tonio sich an Inge verlor, *that T. lost his heart to I.*

17. J'ai l'honneur de me vous représenter, *May I have the honor of introducing myself to you?*

18. mon nom est Knaak, *my name is K.*

27. seine Augen blickten mit einem müden Glück über ihre eigene Schönheit umher, *his eyes shifted about in a weary enjoyment of their own beauty.*

15, 16. so meisterte Herr Knaak ihn womöglich in noch höherem Grade, *Herr K. was, if possible, even more of a past master at it.*

23. wie er den Saum seines Gehrockes mit je zwei Fingern erfaßt hielt, *holding the skirt of his frock-coat (" Prince Albert ") firmly with two fingers of each hand.*

17, 15. Gedicht von Storm, mentioned again, page 75, line 16, is the poem *Hyazinthen* (1852):

> Fern hallt Musik; doch hier ist stille Nacht,
> Mit Schlummerduft anhauchen mich die Pflanzen:
> Ich habe immer, immer dein gedacht;
> Ich möchte schlafen, aber du mußt tanzen.
>
> Es hört nicht auf, es rast ohn Unterlaß;
> Die Kerzen brennen und die Geigen schreien,
> Es teilen und es schließen sich die Reihen,
> Und alle glühen; aber du bist blaß.
>
> Und du mußt tanzen; fremde Arme schmiegen
> Sich an dein Herz; o leide nicht Gewalt!
> Ich seh dein weißes Kleid vorüberfliegen
> Und deine leichte, zärtliche Gestalt. —
>
> Und süßer strömend quillt der Duft der Nacht
> Und träumerischer aus dem Kelch der Pflanzen.
> Ich habe immer, immer dein gedacht;
> Ich möchte schlafen, aber du mußt tanzen.

19. en avant, *forward.*

20. compliment, bow; moulinet des dames, *ladies turn about:* dance figure in which all the ladies in a quadrille, joining right hands and giving their left to their partners, wheel about or sway back and forth. The gentlemen in their turn execute the same figure.

21. tour de main, *hands round.* An explanation of the quadrille may be found in Allen Dodworth's *Dancing and Its Relations to Education and Social Life.* New York, 1885, pp. 113–224.

32. en arrière, back!

33. fi donc, *for shame!*

18, 20. Immensee (1849), the first and most famous of Storm's *Novellen;* to English-speaking students of German during the past half century probably no German work has been better known than *Immensee.*

19, 5. auf Erden, old wk. dat. sg., *on earth.*

8. aus Versunkenheit in ihre Nähe, *on account of absorption in her presence.*

22, 23. alles letzte, was hinter den Worten und Taten ist, *the ultimate source of words and deeds.*

23, 26. von Hause aus, *by nature, from the beginning* (See also page 34, line 19; page 42, line 3).

25, 16. die große mit einem quadratischen Liniennetz überzogene Leinwand, *the large canvas covered with a net-work of squares.*

20. Schellingstraße, street in Munich leading into Ludwigstraße opposite the Ludwigskirche and near the University.

28, 1. Pointe und Wirkung, *especially telling effect;* pointe, trait d'esprit recherché (See also **50,** 30; **54,** 20).

29, 2. an und für sich, *in itself, of itself.*

24. dabei bleibt es, *say what you will.*

29. Batuschka (Russian, pronounce Baa'-tuschka) = Väterchen, *old fellow;* " Väterchen " is used later, on page 41, line 5, instead of the Russian word.

30, 16. reden Sie mir nicht darein, *don't argue with me about it.*

21. präparierte päpstliche Sänger, *" prepared" papal singers,* i.e. the papal choir of eunuchs ("castrati "), abolished at the accession of Pope Leo XIII (1878). The practice of emasculating boys, to prevent mutation of voice and train them as soprano or contralto singers, was in vogue mainly in Italy during the seventeenth and the first half of the eighteenth century. The greatest of the "castrati" (as Vittori, Farinelli, Senesino, Cusanini, etc.) had an important influence on the development of Italian opera.

The question Tonio is here discussing — the necessity of paying with one's life for the privilege of being an artist — recurs frequently in Mann's earlier works. Of German *Dichter* he doubtless had uppermost in mind E. T. A. Hoffmann, one of his early favorites, of whom Franz Blei recently wrote (*Männer und Masken*, page 13): " Die Franzosen lieben in Hoffmann den Artisten, der für seine Kunst sein Leben fast systematisch zu einem pathologischen machte, der à une voix qui l'appelait au delà de l'être folgte, wie Barbey d'Aurevilly es ausdrückte." The kinship of Tonio Kröger to Hoffmann and to the Poe of legend is apparent.

25. Papyros (Russian; *papyrosa,* pl., *papyrosü,* approximately), *cigarettes.*

34. Sie fangen an, sich gezeichnet zu fühlen, in development of the theme introduced above. The list of "marked men" in Mann's works is not restricted to artists. See Professor Arthur Burkhard's article, "Thomas Mann's Treatment of the Marked Man," *Publications of the Modern Language Association,* Vol. XLIII, No. 2, June, 1928, pp. 561–568.

31, 12. überreiztes Ichgefühl, *exaggerated sense of the ego.*

13. Mangel an darstellerischer Aufgabe, *lack of a part to play.*

20. Das Gefühl des Erkannt- und Beobachtetseins, *the sense of being recognized and watched.*

32, 12. Artist, (*circus*) *performer, acrobat,* etc.

33, 5. Tristan und Isolde, opera by Wagner, first performed in Munich, 1865. No other work of art so deeply impressed Mann in his youth. Cf. *Betrachtungen eines Unpolitischen* (1918), page 36 ff., and the Novelle, *Tristan* (1902).

22. Er [der Tee] ist nicht sehr stark.

26. die Antwort des Horatio; *Hamlet,* Act V, Scene 1: Die Dinge so betrachten, hieße sie allzu genau betrachten (Schlegel), 'Twere to consider too curiously, to consider so.

34, 12. die anbetungswürdige russische Literatur; this represents Mann's unwavering point of view. He reiterates that East and North have contributed more than West and South to his own development as a writer.

24. einfügen, here used in the sense of sich einfügen, *to adapt oneself.*

27. Vergnügungen des Ausdrucks, *delight in expression.*

28. Alles verstehen hieße alles verzeihen; French proverb, *tout comprendre, c'est tout pardonner.*

35, 14. mit allen Hunden gehetzt; M. Heyne (DW); "in allen Kniffen und Ränken Bescheid wissen," *i.e., sophisticated to the limit.*

27. es hat eine eisige und empörend anmaßliche Bewandtnis mit dieser prompten und oberflächlichen Erledigung des Gefühls durch die literarische Sprache, *there is something chilling and offensively presumptuous about this off-hand, superficial discharge of feeling by means of literary speech.*

36, 10. Nihilist (Lat. *nihil, nothing*), term introduced by the Russian novelist Turgenieff; one who denounces all existing social and political institutions.

31. Cesare Borgia (1467–1507); a " virtuoso of despotism "; his cruelty, his utter want of scruple, and his good fortune made him a terror to all Italy. Guided by the motto held up to him by his flatterers, *aut Caesar aut nihil*, he achieved the reputation of being the most cruel of the Borgia and was chosen by Machiavelli as the hero of his *Il Principe*. He is cited here as the type of man who is willing to risk his life in the attempted realization of his ambition.

32. aufs Schild heben, usually *auf den Schild heben;* symbolic of elevation to leadership. Tacitus, Hist., IV, 15, speaks of this Germanic custom.

39, 5. Die erste seelische Tatsache, deren ich mir bewußt werde, *the first mental reaction of which I am aware.*

41, 12. bellezza (Italian, pronounce *bel-letsa), beauty, perfection.*

42, 12. Kronborg, on the Sound (Öresund), northeastern corner of Zealand. The reference is to *Hamlet*, Act I, Scene 5.

18. Ausgangspunkt = Vaterstadt, *native town.*

45, 13. ihn hierarchisch und bürgerlich unterzubringen, *to assign him a place in the bourgeois hierarchy.*

46, 8. von dünnen, vom Wind zerzupften Wolkenfetzchen durchzogen, *streaked with clouds torn to thin shreds by the wind.*

47, 33. Gatterpforte; page 22, line 2, and again page 57, line 12, this is *Gartenpforte* — another example of variation in the *leitmotifs.*

52, 14. ein bunt beschriebenes Papier, *a paper with writing all over it.*

53, 14. Individium, for *Individuum.* Such peculiarities in the form and pronunciation of words come frequently from the lips of Thomas Mann's characters. Furthermore a single word often becomes as significant as is a single chord to Grillparzer's Poor Musician; for instance, Tonio's calling the name *Ingeborg* a " Harfenschlag makellosester Poesie," or the effect of the sound *Tadziu* upon Aschenbach in *Tod in Venedig.*

54, 11. Porteföhch, corruption of *Portefeuille* (portfolio); in keeping with *Individium* above.

86 NOTES

57, 5. reif und ohne Hindernis, *heavily laden and unimpeded.*

14. The Hamburg merchant makes " st " into " sd " and " sp " into " sb," voicing the voiceless stops; " Sderne " for " Sterne," " Sbaß " for " Spaß " (**58,** 27), etc. This is a slight exaggeration of the usual Hamburg pronunciation, according to which " st " and " sp " are pronounced without any of the " sh " sound.

This philistine might well be a descendant of the *Hamburger Kaufmann* of Heine's *Harzreise*, who, awed by the sunset on the Brocken, exclaims: " Wie ist die Natur doch im allgemeinen so schön ! "

61, 12. Thorwaldsen, Bertel (1770–1844), Danish sculptor, the son of an Icelander who settled in Copenhagen; lived in Italy, 1797–1819, then returned to Denmark, where he was commissioned to make the colossal series of statues representing Christ and the twelve apostles which are now in the Fruekirke in Copenhagen. The work was executed in Rome and was not completed till 1838.

14. Tivoli, pleasure resort in Copenhagen.

63, 2. Aalsgaard (aa = ō), a little resort on the Sound, near Helsingör; Tonio goes to the region of Kronborg, as he intended (see **42,** 12).

65, 1. der sich hügelig weit in die Gegend erstreckte, *which was hilly and extended far away.*

20. Gleich dieses Tages Anfang, *This day from the very beginning.*

66, 25. was vor sich gehe, *what was going on.*

70. 29. denen man ansah, daß sie geschont wurden, *which gave evidence of having been spared.*

74, 7. Nicht an ihn oder sie ein Scherzwort richten; Aschenbach (*Tod in Venedig*) suffers like Tonio from this inability to bridge by a casual remark the chasm separating him from those of his fellow creatures who interest him.

29. auf unvergleichlich distingierte Art; the French word is used here to connote affectation and insincerity, somewhat as *Embrassieren* is used by Heine in the poem at the beginning of the *Harzreise*.

75, 11. die neun Symphonien, of Beethoven; die Welt als Wille und Vorstellung, of Schopenhauer, who with Nietzsche and Wagner exercised the main formative influence on Mann; das jüngste Gericht, the *Last Judgment*, by Michelangelo, in the Sistine Chapel. The author tells us in his *Lebensabriß* how profoundly he was impressed by this painting on his first visit to Rome.

76, 14. Tak, O, mange Tak! (Danish, pronounce *g* like *y*), *Dank, o vielen Dank.*

78, 4. Arkadien, Arcadia, a picturesque district in Greece praised for the simplicity and contentment of its people; hence, any place where ideal rustic simplicity and content prevail.

79, 30. tönendes Erz, etc.; I. Corinthians, XIII, 1. (Luther's translation): Wenn ich mit der Menschen und der Engel Zungen redete, und hätte der Liebe nicht: so wäre ich ein tönend Erz, oder eine klingende Schelle.

VOCABULARY

A

die Abbildung, *illustration*
das Abbröckeln, –s, *disintegration*
das Abenteuer, –s, —, *adventure*
abenteuerlich, *adventurous, odd*
der Abenteurer, –s, —, *adventurer*
der Abgang, –s, ⁔e, *exit*
ab-geben sich, *to be occupied*
abgehärtet, *hardened*
abgehetzt, *fatigued*
abgerissen, *tattered*
abgeschlossen, *secluded*
abgeschminkt, *without make-up*
ab-gewinnen, *to win from, force from, compel*
der Abgrund, –s, ⁔e, *abyss*
ab-halten, *to hold*
ab-lassen, *to cease*
ab-nehmen, *to diminish*
die Abneigung, *dislike*
ab-schätzen, *to appraise*
abscheulich, *abominable*
ab-schnellen, *to fling, swing*
ab-setzen, *to stop, break off*
die Absicht, *intention, purpose*
ab-spannen sich, *to relax*
ab-spielen sich, *to take place*
ab-stoßen, *to repel*
ab-tun, *to lay aside, discard*
abwechselnd, *in turn*
die Abwechslung, *change*
ab-wehren, *to repel, parry*
ab-wenden, *to turn away, distract*

ab-winken, *to warn a person to desist with a glance* or *a significant gesture*
die Achsel, *shoulder*
achselzuckend, *with a shrug of one's shoulders*
die Acht, *attention;* außer — lassen, *to disregard, leave out of account*
achten, *to deem, consider, respect*
die Achtung, *respect, estimation*
die Achtungsbezeugung, *attestation of respect*
achtungsvoll, *respectful*
ächzen, *to groan, moan*
der Adel, –s, *nobility, aristocracy*
der Affe, –n, *monkey, ape, ass*
ähnlich, *similar*
die Ähnlichkeit, *similarity*
albern, *silly*
die Allee, –n, *avenue (of trees)*
allerliebst, *(most) charming*
allerwegen, *everywhere*
alles (colloq.), *all, everybody*
allgemein, *general, universal*
allwöchentlich, *once a week*
alsbald, *immediately*
das Alter, –s, *age;* vor —s, *in olden times*
altersblank, *shiny with age*
altväterlich, *old-fashioned*
das Amt, –es, ⁔er, *office, position;* ein — bekleiden, *to hold a post*
der Anbeginn, –s, *(first) beginning*

89

der Anbeter, ‑s, —, *devotee*

anbetungswürdig, *adorable*

der Anblick, ‑s, ‑e, *sight, prospect, appearance*

andererseits, *on the other hand*

an‑deuten, *to suggest, give to understand*

anerkennen, *to acknowledge*

an‑fertigen, *to make*

an‑füllen, *to fill (up)*

an‑geben, *to state, claim*

an‑gehen, *to concern*

angehören, *to belong to;* die Angehörigen, *members*

die (also der) Angel, *hinge*

angelegen, *interesting;* sich — sein lassen, *to take pains*

die Angelegenheit, *affair, concern*

angelegentlich, *eager, earnest*

die Angeregtheit, *stimulation, incitement*

das Angesicht, ‑s, ‑e (also ‑er), *face*

angesichts, *in view of*

angestrengt, *intense*

angewidert, *disgusted*

ängstlich, *uneasy*

an‑halten, *to stop*

an‑hauchen, *to breathe upon;* exotisch angehaucht, *tinged with exoticism*

an‑heben, *to begin*

die Ankunft, *arrival;* — halten, *to " stage an arrival "*

an‑lassen, *to address;* einen hart —, *to take one severely to task*

an‑lehnen, *to lean against;* die Tür ist nur angelehnt, *the door is ajar*

anmaßlich, *arrogant*

die Annäherung, *advance, rapprochement*

an‑nehmen, *to accept*

an‑ordnen, *to direct, give orders*

die Anordnung, *arrangement*

an‑reden, *to call, address*

an‑regen, *to animate, exhilarate*

anrüchig, *disreputable*

der Anschein, ‑s, *appearance*

an‑schicken sich, *to settle down*

an‑schreiben, *to write down;* gut angeschrieben sein, *to stand well*

an‑schwemmen, *to wash up;* angeschwemmtes Holzwerk (= Treibholz), *drift-wood*

das Ansehen, ‑s, *look, view;* von —, *by sight*

der Anspruch, ‑s, ⁻e, *claim;* in — nehmen, *to claim, detain*

der Anstand, ‑es, *decorum*

anständig, *respectable*

der Anstoß, ‑es, ⁻e, *impulse, offense*

anstoßend, *adjoining*

das Antlitz, ‑es, ‑e, *countenance*

an‑weisen, *to assign*

die Anzahl, *number*

an‑ziehen, *to draw, attract;* sich —, *to dress*

der Anzug, ‑s, ⁻e, *suit*

an‑zünden, *to light*

die Aquavitflasche, *bottle of (distilled) spirits*

arbeiten, *to work, fashion, compose*

arg, *evil*

ärgern sich, *to be vexed, annoyed*

argwöhnen, *to suspect*

arm, *poor, meager*

der Ärmel, ‑s, —, *sleeve*

armselig, *miserable, poor*

das Arom, ‑s, ‑e, *aroma*

die Art, ‑en, *kind, sort, species, way, mode;* die — und Weise, *manner*

arten, *to be of a certain nature;*
er ist so geartet, *such is his*
nature

die Asche, *ashes*

das Atelier, –s, –s, *studio*

der Atem, –s, *breath*

die Atlasschleife, *bow*

atmen, *to breathe*

auf-atmen, *to draw a long breath;*
erleichtert —, *to give a sigh of*
relief

auf-blasen, *to puff up*

auf-brechen, *to break up, disperse*

auf-drängen, *to force upon;* der
Verdacht drängt sich auf, *the*
irrepressible suspicion arises

der Aufenthalt, –es, –e, *stop, stay,*
visit

auf-fordern, *to invite, urge*

die Aufgabe, *exercise, lesson*

die Aufgeklärtheit, *enlightenment*

auf-halten, *to hold up, detain*

auf-hören, *to stop*

auf-lachen, *to laugh (aloud);* das
Auflachen, *burst of laughter*

auf-leuchten, *to flare up*

auf-lösen, *to loosen;* sich —, *to*
break up; in Tränen aufgelöst,
melted into tears

auf-machen sich, *to get up*

aufmerksam, *attentive, closely*

auf-nehmen, *to take up, receive,*
shelter

auf-nötigen, *to force upon*

aufrecht, *up(-right)*

auf-recken sich, *to straighten up*

auf-reiben, *to exhaust, wear out*

aufrichtig, *sincere*

der Aufruhr, –s, –e (also ⸗e), *dis-*
turbance, tumult

der Aufsatz, –es, ⸗e, *essay*

auf-schlagen, *to raise, open*

auf-schreiben, *to record, write down*

das Aufsehen, –s, *stir*

das Aufs-Eis-legen, *putting on ice*

auf-tauchen, *to emerge*

der Augenblick, –s, –e, *moment*

die Augenblicksphotographie,
snap-shot

das Augenglas, –es, ⸗er, *monocle*

der Ausblick, –s, –e, *view*

aus-breiten, *to spread out*

ausbündig (=ungebunden), *intem-*
perate

der Ausdruck, –s, ⸗e, *expression*

aus-drücken, *to express*

auseinander-schießen, *to shoot*
apart, break

der Ausflügler, –s, —, *excursionist*

aus-führen, *to carry out*

ausführlich, *at length*

der Ausgangspunkt, –es, –e, *start-*
ing point

ausgelassen, *riotous*

ausgemacht, *certain;* — trivial,
utterly trivial

ausgesucht, *exquisite*

ausgezeichnet, *excellent*

ausharrend, *persistent*

die Auskunft, ⸗e, *information*

aus-lachen, *to laugh at*

ausländisch, *exotic*

aus-löschen, *to extinguish, dissolve*

aus-lüften, *to air*

aus-prägen, *to stamp*

aus-räumen, *to clear out;* der aus-
geräumte Salon, *drawing-room*
emptied of its furniture

aus-schließen, *to shut out, ostracise*

aus-schneiden, *to cut away*

der Ausschnitt, –es, –e, *cutting out,*
opening

ausschweifend, *eccentric, extravagant, dissolute*

das Aussehen, –s, *appearance*

außerdem, *besides*

das Äußere, *exterior, appearance*

außermenschlich, *extra-human*

äußern, *to utter*

außerordentlich, *extraordinary*

die Außerordentlichkeit, *extraordinariness;* **alle** —, *everything out of the ordinary*

aus-sprechen, *to pronounce, express, utter;* **sich** —, *to unburden one's mind*

aus-stellen, *to make out, issue*

aus-strecken sich, *to stretch out*

aus-üben, *to exercise, exert*

B

backen, *to cook, bake*

der Backenbartstreifen, –s, —, *(strip of) side-whiskers*

das Badehäuschen, –s, —, *bathhouse*

der Bahnhof, –s, ‟e, *railway station*

balancieren, *to balance, hold one's equilibrium*

balkengedeckt, *with timbered ceiling*

der Ballen, –s, —, *bale, package*

der Ballettmeister, –s, —, *dancing-master*

ballmäßig, *suitable for a ball;* — **gekleidet,** *dressed suitably for a ball*

die Banalität, *banality*

das Band, –es, ‟er, *ribbon, band*

der Band, –es, ‟e, *volume*

der Bankier, –s, –s, *banker*

bannen, *to enchant*

der Barometerstand, –es, *height (reading) of the barometer*

bastblond, *straw-colored*

der Bauch, –es, ‟e, *stomach, hold*

beabsichtigen, *to intend*

der Beamte, –n, *official*

beben, *to sway, shake, quiver*

bedächtig, *deliberate*

bedauerlich, *deplorable*

bedauern, *to regret*

bedenken, *to consider;* **er ist darauf bedacht,** *he is intent on it, eager for it*

die Bedingung, *condition*

befähigen, *to enable*

die Befangenheit, *shyness*

der Befehl, –s, –e, *order*

befestigen, *to fasten*

befragen, *to question*

befreien, *to set free, liberate*

befremden, *to surprise, amaze;* **befremdet,** *surprised, estranged*

die Begabung, *aptitude, gift*

begeben sich, *to go, happen*

begegnen (sich), *to meet, happen, encounter, clash*

begehren, *to covet*

begeistern, *to inspire;* **begeistert,** *enthusiastic*

die Begeisterung, *inspiration, enthusiasm*

begierig, *eager*

begleichen, *to settle, pay*

begleiten, *to accompany*

beglücken, *to make happy*

begreifen, *to understand, comprehend*

begrenzen, *to mark off*

der Begriff, –s, –e, *idea, notion;* **im** —**e sein,** *to be on the point of*

begünstigen, *to favor*

das Behagen, –s, *comfort, ease*

behalten, *to keep;* recht —, *to be right after all*

behandschuht, *gloved*

behaupten, *to maintain;* den Platz —, *to hold one's ground*

behend, *nimble, supple*

beherrschen, *to rule, direct*

beherzt, *intrepid*

behindern, *to interfere with*

der Behuf, –s, –e, *purpose*

behutsam, *wary, cautious*

die Behutsamkeit, *caution, deliberateness*

das Beieinander, –s, *array*

der Beifall, –s, *approval, applause*

beinahe, *almost*

das Beinkleid, –es, –er, *trousers*

beißen, *to bite*

bei-tragen, *to contribute*

bejahen, *to answer in the affirmative, affirm*

bejahrt, *elderly;* ein —es Mädchen, *spinster*

bekannt, *well-known;* der Bekannte, *acquaintance*

bekümmern, *to distress*

belauschen, *to listen to*

belebt, *lively, busy;* wenig —e Straße, *almost deserted street*

die Beleuchtung, *light, illumination*

der Beleuchtungszauber, *magic illumination*

die Beliebtheit, *popularity*

die Bemerkung, *observation*

bemühen sich, *to take trouble, be concerned;* die Güte haben, sich mit zu —, *to be so kind as to come along*

benehmen sich, *to behave, conduct oneself*

beneiden, *to envy*

benutzen (benützen), *to take advantage of, use*

beobachten, *to observe*

die Bequemlichkeit, *complacency*

berauschen, *to intoxicate*

bereichern, *to enrich, increase*

bereiten, *to prepare*

bereits, *already*

bereuen, *to regret*

der Beruf, –s, –e, *vocation*

berufen, *to appoint;* participle, *called (upon)*

beruhigen, *to calm;* —d, *reassuring, satisfactory*

berühmt, *famous*

berühren, *to touch (on), graze, reach*

die Berührung, *contact*

beschäftigen, *to occupy*

die Beschäftigung, *occupation*

bescheiden, *modest, bashful*

beschleichen, *to creep upon, steal in;* Rührung beschleicht ihn, *he is moved*

beschließen, *to conclude, end*

beschmutzen, *to soil*

beschreiben, *to describe*

beschreiten, *to mount*

beschwichtigen, *to appease, soothe*

beschwingt, *buoyant*

beschwören, *to implore*

besichtigen, *to inspect, look at;* die Stadt —, *to see the sights of the town*

besinnen (sich), *to reflect*

der Besitz, –es, –e, *possession*

besitzen, *to possess*

der Besitzer, -s, —, *proprietor*

besonder–, *especial, distinct*

besorgen, *to attend to*

beständig, *continual, continuous, repeated*

bestehen, *to consist*

besteigen, *to get (climb) in*

bestellen, *to arrange, order, ask for;* so ist es mit ihm bestellt, *such is his disposition;* mit dem Arbeiten ist es wirklich nicht sonderlich bestellt im Frühling, *spring is really not conducive to work*

bestimmen, *to determine, size up;* bestimmt, *destined*

bestreben sich, *to exert oneself;* mit allen Künsten bestrebt sein, *to strive with all one's might*

bestreuen, *to sprinkle*

bestürzt, *dismayed*

der Besuch, –es, –e, *call, visit*

der Besucher, –s, —, *visitor*

betäuben, *to deafen, daze*

die Betäubung, *deafness, numbness;* gedämpfte —, *lethargy*

beteiligen sich, *to take part, join (in)*

betonen, *to stress*

die Betonung, *tone, accent, emphasis*

betörend, *deceptive*

der Betracht, –es, *view;* in — kommen, *to enter into consideration*

beträchtlich, *considerable*

betrachtsam, *thoughtful, contemplative*

betreffen, *to concern*

betreten, *to tread on, enter;* er ist —, *he is upset, affected*

betrügen, *to deceive*

die Betrügerei, *deception, fraud*

die Bettstatt, *bedstead, berth*

beugen, *to incline, bend, lean*

beunruhigen, *to annoy, upset*

bewachen, *to guard*

bewahren, *to keep, preserve;* bewahre!, *don't mention it, goodness knows;* Gott bewahre!, *God forbid!*

die Bewandtnis, *state;* er begreift, was für eine — es mit ihm hat, *he perceives how things stand with him*

bewegen, *to move, agitate; ponder on;* bewegt, *stormy*

die Bewegung, *movement, motion, excitement, agitation*

bewirken, *to produce (an effect)*

bewundern, *to admire*

die Bewunderung, *admiration*

bewunderungsvoll, *full of admiration*

bewußt, *conscious*

das Bewußtsein, –s, *consciousness*

bezeichnen, *to denote, signify*

der Bezug, –s, ⁀e, *regard;* in bezug auf, *with respect to*

bieten, *to offer*

bilden, *to mould, form, shape*

das Bildwerk, –s, –e, *sculpture*

billig, *fair, by rights*

bislang, *up to now*

der Bissen, –s, —, *mouthful, bite*

blähen, *to inflate*

blamabel, *compromising*

blamieren sich, *to disgrace oneself, make oneself ridiculous*

blank, *shining, glittering*

blasen, *to blow*

blaß, *pale, dim*

blaßgrünschaumig, *covered with pale green foam*

das Blatt, –es, ⁀er, *leaf, page*

blauäugig, *blue-eyed*

blauen, *to grow* (or *be*) *blue*

die Blechwanne, *tin basin*

bleich, *pallid, livid*

blicklos, *unseeing*

blinzeln, *to blink*

das Blut, –es, *blood*

blutig, *bloody*

der Boden, –s, ⸚, *floor, ground*

das Bogengewölbe, –s, —, *arched vault*

die Bogenlampe, *arc light*

der (das) Bord, –es, –e, *shelf*

böse, *evil*

die Brandung, *surf, breakers*

die Braue, *eyebrow*

brauen, *to bubble up, burst forth*

brav, *honest, good*

brechen, *to break;* das Auge bricht, *the eyes grow dim*

breitbeinig, *with legs far apart*

brennen, *to burn;* mit gebranntem Haupthaar, *with crimped hair*

das Brett, –es, –er, *board*

die Brieftasche, *wallet, portfolio*

die Brille, (*pair of*) *glasses*

die Brücke, *bridge*

brüllen, *to roar*

der Brunnen, –s, —, *fountain*

die Brunst, ⸚e, *passion, lust*

die Brust, ⸚e, *breast*

die Brüstung, *railing*

der Buchenwald, –es, ⸚er, *beech woods*

das Bücherpäckchen, *little stack of books*

der Bücherrücken, –s, —, *back of book(s)*

der Buchstabe, –n, *letter*

buchstabieren, *to spell*

bücken, *io incline*

das Bugspriet, –s, –e, *bowsprit*

bunt, (*many-*)*colored, motley*

der Bürger, –s, —, *bourgeois, citizen*

bürgerlich, *bourgeois, civic*

die Bürgerliebe, *bourgeois love*

das Bürgertum, *citizenhood, bourgeois nature*

der Busen, –s, —, *bosom*

büßen, *to pay for*

C

der Chausseeweg, –es, –e, *highway*

der Christ, –en, *Christian*

D

das Dach, –es, ⸚er, *roof*

die Damenwahl, –en, *choice of partners* (*by the ladies*)

dämmerig, *dim*

die Dämmerung, *twilight*

der Dämon, –s, –en, *demon*

dämonisch, *demonic*

dämpfen, *to subdue;* gedämpft, *subdued, faint*

der Dampfer, –s, —, *steamer*

das Dampfschiff, –s, –e, *steamer*

daran: er ist —, *it is his turn*

der Däne, –n, *Dane*

dann und wann, *now and then*

dannen: von — gehen, *to depart*

darauf: — los, *on and on, blindly on*

dar-stellen, *to represent*

darüber: — geht nichts, *there's nothing like it* (*them*)

das Dasein, –s, *existence*

die Daseinsart, –en, *manner of living, disposition*

die Daseinsform, –en, *form of existence*

dauern, *to last*

der Daumen, –s, —, *thumb*

dazwischen-treten, *to intervene*

dehnen, *to stretch, spread*

demütig, *humble*

demütigen, *to humiliate*

die Demütigung, *humiliation*

dennoch, *nevertheless, but*

dergleichen, *such (things), something of the sort*

deutlich, *clear, visible*

dichten, *to compose, write*

das Dichtwerk, –es, –e, *work (of imaginative literature)*

dick, *thick*

diebisch, *thievish*

die Diele, *hall*

der Dienst, –es, –e, *service*

der Diensteifer, –s, *official zeal*

das Ding: guter —e sein, *to be in good spirits*

disting(u)iert, *distinguished*

dörren, *to dry*

der Drang, –s, *desire*

drängen, *to oppress*

das (die) Drangsal, *distress, oppression*

drehen, *to whirl, twirl, turn*

der Dreitakt (Dreivierteltakt), –es, –e, *waltz-rhythm*

dringen, *to penetrate, reach;* not-gedrungen, *(urgently) compelled*

droben, *up there*

drollig, *comical*

die Droschke, *cab*

der Druck, –es, –e, *pressure*

drucken, *to print*

drücken, *to press*

der Duft, –es, ⁻e, *fragrance*

duftgeschwängert, *perfume-laden*

duftig, *fragrant, balmy*

dumm, *stupid*

dunkel, *dark*

das Dunkel, –s, *darkness*

dunkelbläulich, *purple*

dunkeln, *to get dark*

dünn, *thin*

durcharbeiten (also separable), *to work through;* früh durcharbeitet, *prematurely careworn*

durchbrochen, *open-work, carved*

durchleuchten, *to fill with light;* rot und golden durchleuchtet, *suffused with red and golden lights*

durchmessen, *to traverse;* den Saal der Länge nach —, *to walk the full length of the room*

durchqueren, *to cross, traverse*

durchschauen (also separable), *to see through*

durchsichtig, *transparent*

durchwandern, *to ramble through*

durchzucken, *to flash through, pierce*

dürftig, *shabby looking, lean, frail*

E

ebenfalls, *also*

ebenso, *likewise*

effektvoll, *effective*

ehemalig, *former*

ehemals, *formerly*

ehrenfest, *honorable*

das Ehrenkleid, –es, –er, *uniform*

ehrlich, *honest, sincere*

ehrsüchtig, *ambitious*

der Eifer, –s, *enthusiasm*

die Eifersucht, *jealousy*

eifrig, *eager, zealous*

eigen, *own*

eigens, *expressly*

eigentlich, *real*

eigentümlich, *peculiar, character-istic*

die Eile, *haste*

eilfertig, *precipitate, hurried*

die Eilfertigkeit, *hastiness*

eilig, *rapid, busy, hurried, hasty*

der Eiltakt, –es, –e, *double-quick time*

ein-bilden sich, *imagine*

der Einblick, –s, –e, *glance*

eindringlich, *piercing, searching*

der Eindruck, –s, ‑̈e, *impression*

einerlei, *all the same*

einerseits, *on the one hand*

einfach, *simple*

der Einfall, –s, ‑̈e, *idea*

ein-fallen, *to fall in, occur*

ein-fließen, *to flow into;* — lassen, *to put in*

ein-fügen sich, *to adapt oneself*

einher-schreiten, *to stalk along*

der Eingang, –s, ‑̈e, *entrance*

ein-gehen, *to fail*

ein-laden, *to invite;* —d, *engaging, encouraging*

ein-legen, *to place, set*

ein-richten, *to furnish*

die Einsamkeit, *loneliness, solitude*

ein-schiffen sich, *to embark, go aboard*

ein-schlagen, *to drive in, take*

ein-schließen *to shut in, surround*

ein-setzen, *to set in;* mit einem Marsche —, *to strike up a march*

die Einsicht, *view, consideration*

einstmals, *once*

die Eintracht, *accord*

ein-treten, *to enter;* — für, *to stand up for*

einverstanden, *in agreement*

das Einverständnis, *agreement;* im —, *on good terms*

die Einwand, ‑̈e, *objection*

ein-wenden, *to object, rejoin*

einzeln, *single, peculiar*

der Eisbär, –en, *polar bear*

der Eisbrei, –s, *slushy ice*

eisgrau, *hoary*

eisig, *icy*

eitel, *vain*

die Eitelkeit, *vanity*

der Ekel, –s, *loathing, repugnance, nausea*

die Ekstase, *ecstasy*

elend, *miserable*

das Elend, –s, *wretchedness*

der Eleve, –n (Fr.), *pupil*

der Ellenbogen (also Ellbogen), –s, —, *elbow*

elterlich, *of the parents*

empfangen, *to receive*

empfinden, *to feel*

empfindenswert, *worth experiencing, to be coveted*

empfindlich, *sensitive*

die Empfindung, *feeling, sensation, sentiment*

empören sich, *to revolt, rebel;* —d, *outrageous*

empor-fahren, *to rise abruptly;* aus dem Schlafe —, *to awake with a start*

empor-schnellen sich, *to spring up*

empor-steigen, *to rise*

empor-streichen, *to stroke upward*

eng, *narrow, tight, small*

engagieren, *to take partners*

der Engel, –s, —, *angel*

entartet, *degenerate*

enteilen, *to hurry off*

entfalten, *to unfold, display, exhibit;* frei entfaltet, *unrestrained*
entfremdet, *alienated*
entgegen-bringen, *to offer, present*
entgegengesetzt, *opposite*
das Entgegenkommen, –s, *responsiveness*
entgegen-nehmen, *to accept, learn*
entgehen, *to escape*
der Entgelt, –es, –e, *compensation*
entkleiden sich, *to undress*
entlang-gehen, *to go along*
entlassen, *to release, discharge*
entpuppen sich, *to turn out (to be)*
entrückt, *secluded, detached*
entscheiden, *to decide*
entschlossen, *resolute*
entschlüpfen, *to escape;* das entschlüpft ihm, *it slips from his tongue*
der Entschluß, –es, ⁻e, *decision;* mit —, *decisively*
entschuldigen, *to excuse, pardon*
das Entsetzen, –s, *horror*
entstehen, *to appear, originate, start up;* — lassen, *to produce*
enttäuschen, *to disappoint*
die Enttäuschung, *disappointment, disillusionment*
der Entwurf, –s, ⁻e, *outline, (first) draft*
entzücken, *to enrapture, transport;* —d, *delightful*
entzünden sich, *to take fire*
erbarmen sich, *to have pity*
erbärmlich, *wretched, pitiable*
erblicken, *to behold, catch sight of*
erblinden, *to become blind*
das Erbteil, –s, –e, *heritage*
die Erde, *earth;* zu ebener —, *on the ground floor*

erdrücken, *to overwhelm*
ereignen sich, *to come to pass, take place*
die Erfahrung, *experience, discovery*
erfassen, *to grasp, lay hold of*
erfinden, *to invent*
die Erfindung, *invention*
erfolgen, *to ensue, occur*
erfreuen sich, *to enjoy*
die Erfrischung, *refreshment*
ergeben sich, *to surrender;* —, *devoted*
das Ergebnis, *result, conclusion*
ergehen sich, *to take an airing;* er lässt es sich schlecht —, *he is faring badly*
erglühen, *to begin to glow, burst into light*
ergraut, *gray-haired*
ergreifen, *to seize, move*
erhaben, *lofty, sublime*
erhalten, *to receive, keep*
erhaschen, *to snatch*
erheben sich, *to rise*
erhellen, *to illuminate*
erhitzen, *to heat*
erinnern sich, *to remember*
die Erinnerung, *memory*
erkalten, *to grow cold*
erkennen, *to recognize;* sich zu — geben, *to disclose one's identity*
die Erkenntnis, *knowledge, discernment*
erkenntnisstumm, *impermeable*
die Erkenntnisträgheit, *mental inertia*
erklingen, *to resound*
erkundigen sich, *to inquire*
erlauben, *to permit*
die Erlaubnis, *permission*

erleben, *to experience*

das Erlebnis, *experience*

erlebnisvoll, *rich in experiences*

erledigen, *to finish, settle, dismiss, discharge, correct*

die Erledigung, *discharge, settlement*

erleichtern, *to relieve*

erlesen, *chosen, choice, exacting, recherché*

erleuchten, *to illuminate*

erlöschen, *to be extinguished*

erlösen, *to save, redeem, deliver;* erlöst, *unimpeded*

die Erlösung, *redemption, release*

die Ermüdung, *fatigue, lassitude*

ernstlich, *seriously*

ernüchtern, *to disillusion*

die Eroberung, *conquest*

eröffnen (sich), *to open, reveal;* der Ausblick eröffnet sich, *the view presents itself*

erproben, *to test, experience*

erregen, *to arouse*

erreichen, *to reach*

errichten, *to erect*

erröten, *to blush*

die Errungenschaft, *achievement, conquest*

erschauern, *to be startled, shudder*

erscheinen, *to appear*

die Erscheinung, *phenomenon, aspect*

erschließen, *to disclose*

erschöpfen, *to exhaust*

erschrecken, *to be startled, frightened*

das Erschrecken, -s, *terror*

erschüttern, *to agitate, stir*

die Erschütterung, *vibration*

ersehen, *to perceive, pick out*

erstarken, *to grow strong(-er)*

erstarren, *to become rigid, stiffen*

die Erstarrung, *torpor*

erstaunen, *to be surprised, astonished*

erstaunlich, *amazing*

erstehen, *to buy*

erstrahlen, *to shine, sparkle*

ersuchen, *to ask*

ertappen, *to catch*

erteilen, *to impart, give;* sich — lassen, *to receive*

erwachen, *to awake*

erwachsen, *to grow up*

erwarten, *to wait for, expect*

die Erwartung, *anticipation*

erwecken, *to arouse*

erweisen, *to prove, show, turn out*

erwidern, *to reply*

das Erz, -es, -e, *brass*

erzürnen, *to exasperate*

der Eßsaal, -es, Eßsäle, *dining-hall*

etliche, *some*

ewig, *eternal, forever*

das Exerzitium, -s, -ien, *exercise*

das Extrem, -s, -e, *extreme*

F

der Faden, -s, ∺, *thread, attachment*

der Fahrdamm, -s, ∺e, *road-way, viaduct*

fahrlässig, *careless, thoughtless, negligent*

die Fahrt, -en, *trip*

die Fährte, *track, trail*

die Falte, *fold*

die Familienvereinigung, *family reunion*

famos, *splendid, capital*

färben sich, *to color*

der Farbfleck, –s, –e (or –en), *spot of color*

farbig, *colored*

fassen, *to seize, grasp;* **einen Gedanken** —, *to conceive an idea*

fauchen, *to spit;* **Fauchen und Zischen,** *whirring and hissing*

faul, *sluggish*

faulig, *putrid, putrescent*

federn, *to spring;* —**d,** *lithely*

feenhaft, *fairylike*

fehlen, *to be wanting*

die Feierlichkeit, *ceremony*

fein, *delicate, acute, astute, faint*

die Feldblume, *wild flower*

das Feldblumensträußchen, *bouquet of wild flowers*

der Fensterladen, –s, ″, *shutter*

die Ferien (pl.), *vacation*

die Ferne, *distance*

die Feste, *stronghold, security;* **in seinen** —**n,** *to its foundations*

das Festgeräusch, –es, –e, *sound of merry-making*

festlich, *festive*

festlich-beschaulich, *solemnly contemplative*

der Festordner, –s, —, *master of ceremonies*

fest-setzen, *to appoint, settle*

fett, *fat, rich*

der Fetzen, –s, —, *rag;* **gedehnte Fetzen,** *trailing shreds*

feucht, *damp*

feuchtkalt, *clammy*

feurig, *fiery, passionate*

das Fieber, –s, —, *fever*

die Figur, *figure;* **fleischgewordene** —, *a character come to life*

die Finesse, *subtlety*

die Fingerspitze, *finger-tip*

finster, *gloomy*

die Firma, Firmen, *firm*

das Firmament, –s, *heavens, firmament*

der Firmendruck, –s, –e, *trademark*

das Fischerboot, –es, –e, *fishing-smack*

der Fischhändler, –s, —, *fish dealer*

flach, *even, flat*

flackern, *to flicker*

flammenartig, *flame-like*

das Fläschchen, *small bottle*

flaschengrün, *bottle-green*

flattern, *to flutter, dangle*

fleckig, *spotted*

der Fleischer, –s, —, *butcher*

fleischgeworden, *incarnated* (see **Figur**)

der Fleiß, –es, *diligence*

flimmern, *to glisten*

der Fluch, –es, ″e, *curse*

die Flucht, –en, *flight, escape*

flüchtig, *fleeting, cursory*

der Flügel, –s, —, *wing, (grand) piano*

der Fluß, –es, ″e, *river, flow*

flüstern, *to whisper*

die Flut, –en, *flood*

die Folgerichtigkeit, *consistency*

folgern, *to infer*

das Folgmädchen, *maid*

fördern, *to help* (*forward*)

die Formel, *formula, shibboleth*

forschen, *to search;* —**d,** *inquisitive*

fortan, *henceforth*

fort-fahren, *to continue*

fort-setzen, *to continue*

der Frack, –s, –e (or –s), *dress-coat*

die Frackjacke, *dress-coat*

fragen sich, *to wonder*
fragwürdig, *doubtful, dubious*
französisch, *French*
die Frauenkirche, *Fruekirke,*
   Church of Our Lady
das Frauenzimmer, –s, —, *female,*
   woman
die Freiheitsstrafe, *imprisonment;*
   eine — verbüßen, *to serve a*
   sentence in prison
frei-lassen, *to leave bare*
freilich, *to be sure, really*
freiliegend, *widely-set*
freimütig, *liberal, candid*
die Freude, *pleasure, joy*
freuen sich: er freut sich darauf,
   he looks forward to it with pleas-
   ure
der Friede(n), –ns, *peace*
frisieren, *to dress the hair;* fest
   frisiert, *done up securely*
die Frist, –en, (*space of*) *time*
froh, *cheerful, glad*
die Fröhlichkeit, *merriment*
fromm, *artless, innocent, brave,*
   pious
der Frost, –es, ⸚e, *frost*
fruchtbar, *fruitful*
das (der) Fruchtbonbon, –s, –s,
   fruit-lozenge
der Frühling, –s, –e, *spring*
das Frühstück, –s, –e, *breakfast*
fühlbar, *perceptible*
die Furcht, ⸚e, *fear*
furchtbar, *fearful, frightful*
fürchterlich, *frightful*
der Fürst, –en, *sovereign*

G

die Gabe, *gift*
die Gamasche, *legging*

die Gartenpforte, *garden gate*
die Gaslaterne, *gas lamp*
die Gasse, *street, lane*
der Gast, –es, ⸚e, *guest*
die Gatterpforte, *iron gate*
die Gattin, *wife*
der Gaukler, –s, —, *juggler, con-*
   jurer
der Gaul, –s, ⸚e, *nag*
der Gazeärmel, –s, —, *gauze sleeve*
der Gazevorhang, –s, ⸚e, *gauze*
   curtain
das Geäst, –es, –e, *branches*
das Gebiet, –es, –e, *territory*
das Gebilde, –s, —, *product, crea-*
   tion, form
geblümt, *flowered*
der Gebrauch, –s, ⸚e, *use*
die Geburt, *birth*
der Gedanke, –ns, –n, *thought*
gedenken, *to intend, recall*
das Gedicht, –es, –e, *poem*
gediegen, *sound, correct*
die Gefahr, *danger*
gefährlich, *perilous, dangerous*
das Gefährt, –es, –e, *vehicle*
gefällig, *pleasing;* ist Ihnen ein
   Katalog —, *would you like a*
   catalogue?
die Gegend, *region, neighborhood*
der Gegensatz, –es, ⸚e, *contrast,*
   contradiction, antagonism
der Gegenstand, –es, ⸚e, *subject,*
   object
das Gegenteil, –s, –e, *opposite;*
   im —, *on the contrary*
die Gegenwart, *present, presence*
geheimnisvoll, *mysterious*
die Gehobenheit, *exaltation*
gehören, *to belong;* es gehört sich,
   it is right

der Gehrock, –s, ⸚e, *frock-coat*

die Geige, *violin*

der Geist, –es, –er, *spirit, intellect*

geistesgegenwärtig, *with composure, presence of mind*

geistig, *spiritual*

die Geistigkeit, *spirituality*

geistreich, *clever*

das Gelächter, –s, *laughter, laugh*

das Geländer, –s, —, (*hand-*)*rail*

gelangen, *to come* (or *get*) *to*

gelassen, *calm*

die Gelassenheit, *composure*

geläufig, *voluble*

der Geldschein, –s, –e, *bank-note, paper money*

das Gelée, –s, –s, *jelly*

die Gelegenheit, *occasion*

geleiten, *to conduct*

gelind, *mild*

gelten, *to count for something*

gemäßigt, *moderate*

gemein, *common, vulgar*

die Gemeinde, *community, congregation*

gemeinsam, *mutual, congenial*

die Gemeinschaft, *community, fellowship*

gemessen, *measured, dignified, grave*

das Gemisch, –es, –e, *mixture*

das Gemüt, –es, –er (also –e), *soul*

gen (gegen), *towards*

genau, *plainly*

das Genie, –s, –s, *genius*

genieren, *to embarrass*

genießen, *to enjoy*

genügen, *to be sufficient*

die Genugtuung, *satisfaction, compensation*

der Genuß, –es, ⸚e, *enjoyment, pleasure*

genußfroh, *pleasure-loving*

das Gepäck, –s, *baggage*

geraten, *to come, fall into*

das Geräusch, –es, –e, *commotion, roaring*

geräuschlos, *noiseless*

gerecht, *just*

die Gereiztheit, *exasperation*

das Gericht, –es, –e, *judgment;* das jüngste —, *the last judgment*

gering, *mean, little;* nicht das Geringste, *not a bit*

gering-schätzen, *to despise*

der Geruch, –es, ⸚e, *smell*

geruhen, *to deign*

das Gerüst, –es, –e, *scaffolding*

der Geschäftsmann, ~s, ⸚er, *business man*

die Geschäftsmiene, *business-like expression*

geschehen, *to happen*

geschickt, *skilful*

das Geschlecht, –es, –er, *family*

der Geschmack, –s, *taste*

geschmeidig, *supple, lithe*

das Geschoß, –es, –e, *story, floor*

das Geschwätz, –es, –e, *talk, jabbering, twaddle*

geschwungen, *arched, curved*

der Gesell(e), –n, *fellow, companion*

gesellen, *to join*

gesellig, *social, sociable*

gesellschaftlich, *social*

gesetzt, *granted, provided*

gespannt, *tense*

das Gespenst, –es, –er, *ghost spectre*

das Gespräch, –s, –e, *conversation*

die Gestalt, *form*

gestalten, *to shape;* sich —, *to take shape;* —de Leidenschaft, *creative fervor*

das Geständnis, *confession*

die Gestärktheit, *invigoration*

gestehen, *to confess*

das Gestell, –s, –e, *(book-)shelf*

das Gestenspiel, –s, *gesiculation, gestures*

gesund, *healthy*

die Gesundheit, *health*

das Getöse, –s, —, *roar, uproar*

der Getreidesack, –s, –e, *bag of grain*

getrost, *with resignation, assured*

das Getümmel, –s, *stir, tumult*

gewahren, *to catch sight of*

die Gewalt, *power;* in der —, *under control*

gewaltig, *powerful, mighty, vast*

die Gewandtheit, *skill*

gewärtigen, *to expect, fancy*

das Gewerbe, –s, —. *trade, profession*

das Gewicht, –es, –e, *weight, importance*

das Gewimmel, –s, —, *throng*

gewinnen, *to win over, gain, get*

das Gewissen, –s, *conscience*

die Gewissensnot, –e, *anguish (qualm) of conscience*

gewissermaßen, *so to speak, in a certain manner*

die Gewöhnlichkeit, *mediocrity*

das Gewürm, –s, *worms*

der Giebel, –s, —, *gable*

die Giebelgasse, *gable-lined street*

giebelig, *gabled, with gables*

der Gischt, –es, –e, *spray*

glänzend, *brilliant*

das Glasdach, –s, –er, *glass roof*

das Gläsergeklirr, –s, *tinkling of glasses*

glatt, *smooth, slippery*

das Glaubensbekenntnis, *creed*

gleichförmig, *uniform*

gleichgültig, *indifferent, unimportant*

die Gleichgültigkeit, *indifference*

die Gleichheit, *identity*

gleichmäßig, *symmetric*

gleichsam, *as it were, so to speak*

gleichzeitig, *at the same time, simultaneous*

gleiten, *to glide*

glimmen, *to glimmer*

glitzern, *to glitter, sparkle*

der Glückwunsch, –s. –e, *congratulation(s)*

glühen, *to glow*

die Glut, –en, *glow*

gnädig, *indulgent*

die Götterstatue, *image of a god*

der Grad, –es, –e, *degree*

der Gram, –s, *sorrow*

grämen sich, *to grieve*

gräßlich, *atrocious*

graziös, *graceful*

die Grenze, *border*

der Griffel, –s, —, *pencil, burin*

die Grimasse, *grimace, wry face*

gröblich, *outrageous*

die Größe, *greatness, grandeur*

der Großhändler, –s, —, *wholesale merchant*

der Grund, –es, –e, *bottom, reason;* im —e, *in reality*

grundeinerlei, *absolutely all the same;* das ist ihm —, *he is utterly indifferent to it*

gründen, *to found, establish*

gründlich, *thorough, profound, fundamental, essential*

die Gründlichkeit, *profundity*

das Grundmotiv, –s, –e, *main theme*

gruppieren, *to arrange*

grüßen, *to greet, speak to*

die Gunst, ⁼e, *favor*

der Gurtpaletot, –s, –s, *belted top-coat*

die Güte, *kindness*

gutgläubig, *guileless*

gutmütig, *good-natured*

H

der Hafen, –s, ⁼e, *harbor*

der Hagel, –s, ⁼e, *hail*

der Halbhandschuh, –s, –e, *(lace) mitt*

der Halbkreis, –es, –e, *semicircle*

halbverwischt, *half obliterated*

die Halle, *station(-shed)*

hallen, *to echo*

der Hals, –es, ⁼e, *neck*

halten: ich halte nicht das Geringste auf ihn, *I think nothing at all of him;* ich halte es mit ihm, *I stand by him*

haltlos, *unsteady, wavering, uncertain*

die Haltlosigkeit, *lack of stability*.

die Haltung, *posture, position, bearing*

hämisch, *spiteful*

handeln, *to act, do;* es handelt sich um, *it is a question of*

die Handlungsweise, *manner of action, procedure*

das Handwerk, –s, –e, *trade, handicraft*

die Hantierung, *manipulation*

der Harfenschlag, –s, ⁼e, *harp cadence*

harmlos, *innocent*

der Haß, –es, *hatred*

häßlich, *ugly*

hauptsächlich, *especially*

die Hauptstadt, ⁼e, *capital*

der Hauslehrer, –s, —, *tutor*

die Haut, ⁼e, *skin*

das Heft, –es, –e, *book, note-book*

heftig, *violent, intense*

hegen, *to harbor, cherish*

der Heilige, *saint*

heiligen, *to hallow*

die Heiligkeit, *holiness, saintliness*

die Heimat *(native) home*

die Heimatstadt, ⁼e, *native city*

heim-kehren, *to return (home)*

heimlich, *secret, furtive*

der Heimweg, –s, –e, *way home, return home*

das Heimweh, –s, *homesickness*

heiser, *hoarse*

heiter, *cheerful, gay*

die Heiterkeit, *gaiety*

der Held, –en, *hero*

hellsehend, *clairvoyant*

die Hellsicht, *clear-sightedness*

der Helm, –s, –e, *helmet*

heraus-arbeiten, *to work out, evolve;* scharf herausgearbeitet, *sharply outstanding, very prominent*

heraus-fordern, *to challenge*

herb, *bitter, sharp, pungent, stern*

herbei-schleppen, *to pull up*

der Herbst, –es, –e, *autumn*

die Herde, *flock*

die Herkunft, ⁼e, *origin, (previous) residence*

die Herrschaften (pl.), *ladies and gentlemen, people*

herrschaftlich, *manorial, magnificent*

herrschen, *to reign, prevail*

her-stellen, *to establish*

herunter-nehmen, *to take down, doff*

herunter-reißen, *to snatch off*

hervor-blicken, *to look forth*

hervor-bringen, *to produce*

hervor-quellen, *to spring forth, protrude*

hervorragend, *notable*

hervor-rufen, *to call forth, produce*

hervor-springen, *to project*

das Heu, –s, *hay*

der Hinblick, –s, –e, *regard*

das Hindernis, *obstacle;* ohne —, *unobstructed*

hin-geben, *to give away;* hingegeben, *abandoned (to grief)*

die Hingebung, *devotion*

hingebungsvoll, *devoted*

hin-schreiten, *to march, stalk, strut along*

hintan-halten, *to thwart, discourage*

der Hintergrund, –es, ⁔e, *background, rear*

hinunter-schlucken, *to gulp*

der Hochmut, –es, *pride*

der Hochstapler, –s, —, *fashionable swindler*

der Hof, –s, ⁔e, *court, lawn*

hoffnungslos, *hopeless*

höflich, *polite*

der Hofmann, –s, ⁔er (also Hofleute), *courtier*

die Höflichkeit, *civility*

die Hoheit: — und Ehren, *dignity and honors*

hohl, *hollow*

hold, *pleasant, lovely*

hölzern, *wood(-en)*

holzgedeckt, *shingled*

das Holzgeländer, –s, —, *wooden banister*

das Holzgelaß, –es, –e, *wooden compartment*

der Holzlagerplatz, –es, ⁔e, *lumber-yard*

horchen, *to listen*

hübsch, *pretty, handsome, pleasant*

die Hüfte, *hip*

hüllen, *to wrap*

die Hummer-Omelette, *lobster omelette*

hüpfen, *to hop, bound;* —d, *staccato*

hurtig, *brisk*

husch, *shoo*

huschen, *to flit, steal*

I

ihresgleichen, *like them (her);* als —, *as one of them*

ihretwegen, *for their (her) sake*

imstande, *capable*

indes, *while*

infam, *base, infamous*

inmitten, *amid, in the middle of*

inne-werden, *to become aware of*

das Innere, *inner life, heart, inside*

innerlich, *inwardly*

innig, *ardent, intimate, deep*

innig-ungeschickt, *inherently awkward*

die Insel, *island*

irgendwie, *in some way or other*

irre, *astray*

der Irrgang, –s, ⁔e, *aberration*

das Irrsal, –s, –e, *going astray, error*

der Irrtum, –s, ⸗er, *erroneous notion*

der Irrweg, –s, –e, *false path*

J

die Jagd, –en, *chase*

jäh, *abrupt*

die Jahresfrist, –en, *year's time*

die Jahreszeit, –en, *season*

die Jalousie, *blind*

der Jammer, –s, *distress*

jämmerlich, *miserable, woeful*

jauchzen, *to shout (with joy)*

jemals, *ever*

jubeln, *to exult*

die Jugend, *youth*

jugendlich, *youthful*

der Jüngling, –s, –e, *youth*

K

der Käfig, –s, –e, *cage*

kahl, *bare*

die Kahlheit, *barrenness*

die Kajüte, *cabin, saloon*

das Kajütenhäuschen, *cabin*

das Kaltstellen, –s, *cooling process*

der Kamerad, –en, *companion, comrade*

der Kamin, –s, –e, *fireplace, mantelpiece*

der Kampf, –s, ⸗e, *combat, struggle*

kämpfen, *to fight, struggle*

das Kapotthütchen, *bonnet*

die Kapuze, *hood*

der Karree, –s, –s, carré, *set*

der Kaufmann –s, Kaufleute, *merchant*

der Kavalier, –s, –e, *gentleman*

keck, *bold, self-assured*

die Keckheit, *boldness*

die Kehle, *throat*

der Kehllaut, –s, –e, *guttural*

kehren, *to turn;* in sich gekehrt, *absorbed in thought*

keimen, *to germinate*

keineswegs, *not at all*

der Kellner, –s, —, *waiter*

die Kenntnis, *knowledge*

die Kerze, *candle*

keusch, *innocent, chaste, pure*

kichern, *to giggle*

das Kielwasser, –s, *wake*

die Kinderstube, *nursery;* eine gute — haben, *to be properly reared*

das Kinn, –s, –e, *chin*

das Kissen, –s, —, *pillow*

die Kiste, *chest*

klaffen, *to yawn*

die Klage, *complaint*

klagen, *to complain;* Gott sei's geklagt, *may the Lord help us*

kläglich, *pitiful, miserable*

die Klammer, *tie, clamp*

der Klang, –s, ⸗e, *sound, strain*

die Klappe, *trap-door*

klappern, *to clatter, rattle*

klären, *to clarify*

die Klarinette, *clarinet*

das Klassengewölbe, –s, —, *vaulted class-room*

klatschen, *to lap, clap*

das Klavier, –s, –e, *piano*

der Klavierspieler, - s, —, *pianist*

das Kleid, –es, –er, *dress, clothes*

die Kleidung, *dress*

kleinbürgerlich, petit bourgeois, *(lower) middle class*

kleinstädtisch, *provincial*

klingen, *to sound, ring;* **das Klingen**, *resonance*

klirren, *to clatter*

klopfen, *to knock, pat*

die Kluft, –̈e, *chasm, abyss*

klug, *wise*

der Klumpen, –s, —, *mass*

knallen, *to explode*

knarren, *to creak, groan*

kneifen, *to pinch;* **gekniffen**, *squinting*

das Knie, –s, **Kni-e**, *knee*

knirschen, *to crunch, creak*

der Knöchel, –s, —, *ankle*

knochig, *bony*

der Knopf, –s, –̈e, *button*

der Knopfloch, –es, –̈er, *button-hole*

der Kobold, –es, –e, *goblin*

kochen, *to boil*

der Kohleentwurf, –s, –̈e, *charcoal outline*

die Koje, *cabin*

der Kollege, –n, *colleague*

die Komik, *comedy*

komisch, *comic*

der Kommandeur, –s, –e, *director*

kompliziert, *complicated*

der Königstiger, –s, —, *Bengal tiger*

konservieren, *to preserve*

der Kontorrock, –s, –̈e, *office coat*

die Körperlichkeit, *physique*

die Korrektur, *correction, proof-sheet(s)*

kostbar, *finical*

köstlich, *precious*

kraft, *by virtue of*

die Kraft, –̈e, *vigor, power*

der Kragen, –s, —, *collar*

das Krähengeschrei, –s, –e, *cawing of crows*

der Krämer, –s, —, *shopkeeper*

der Krampf, –s, –̈e, *convulsion*

kränken, *to mortify*

krankhaft, *morbid*

kraß, *violent, crass*

krausen, *to ruffle;* **das gekrauste Wasser**, *rippling water*

die Krawatte, *necktie*

der Kreidefels, –en(s), –en, *chalk cliff*

der Kreis, –es, –e, *circle*

kreischen, *to creak*

kreisen, *to circle, whirl*

kreuzen, *to fold*

kreuzweise, *crosswise*

kribbeln, *to tingle*

der Kronleuchter, –s, —, *chandelier*

das Krümel, –s, —, *crumb*

krumm, *crooked*

krummbeinig, *bow-legged*

die Küche, *kitchen, fare, food*

kühl, *cool*

die Kulisse, *coulisse;* **hinter den** —n, *behind the scenes*

der Kummer, –s, —, *sorrow*

kund-geben, *to make known*

der Künstler, –s, —, *artist*

künstlerisch, *artistic*

die Künstlerschaft, *artistic sense*

das Künstlertum, –s, *art, artistry*

künstlich, *mechanical, forced*

kunstvoll, *artistic*

der Kurgast, –es, –̈e, *hotel guest*

das Kurhaus, –es, –̈er, *chief hotel of a watering place, casino*

kurzhalsig, *short-necked*

kürzlich, *recently*

kurzum, *in short*

der Kuß, –es, –̈e, *kiss*

die Küste, *coast*

kutschieren, *to drive (in a coach)*

L

lächeln, *to smile*
lächerlich, *ridiculous*
der Lachs, –es, –e, *salmon*
lackieren, *to varnish*
der Lackschuh, –s, –e, *patent-leather shoe*
laden, *to load;* geladen; *brimful*
der Ladentisch, –es, –e, *counter*
die Ladung, *cargo*
die Lage, *situation*
das Lager, –s, —, *couch, bed*
lähmen, *to paralyse*
landeinwärts, *inland*
die Landkarte, *map*
die Landpartie, *picnic*
langbeinig, *long-legged*
länglich, *over-long*
die Längswand, ⁔e, *side-wall*
langweilig, *tedious, boring*
lärmen, *to make a noise, clang*
lässigplump, *clumsy and easy-going*
die Laterne, *lantern, street-lamp*
lau, *balmy*
die Laubsäge, *fret-saw*
lauschen, *to listen*
der Laut, –es, –e, *sound*
lauten, *to run, be worded*
lauter, *pure, sheer*
lautlos, *noiseless*
lebendig, *full of life, living, buoyant;* es wird —, *people are astir*
die Lebensführung, *conduct, manner of living*
lebhaft, *vivacious*
lechzen, *to yearn*
lecken, *to lick*
ledern, *leather*
das Lederzeug, –s, *riding accoutrements*

leer: das Leere, *space*
legitimieren sich, *to prove one's identity*
die Lehne, *back (of a chair)*
lehnen, *to repose, lean*
die Lehre, *lesson, information*
das Leib, –s, –er, *body, carcass*
leiden, *to suffer;* es leidet ihn nicht, *he can't hold out;* ihn mag ich —, *he's not a bad sort*
die Leidenschaft, *passion*
die Leidenschaftlichkeit, *passionateness, fervor*
leihen, *to lend*
die Leinwand, *canvas*
leise, *soft, gentle*
leisten, *to accomplish*
die Lektüre, *reading*
der Leuchtturm, –s, ⁔e, *lighthouse*
leugnen, *to deny*
licht, *light, clear, bright*
der Lichtreflex, –es, –e, *reflection of light*
liebenswürdig, *amiable, charming, lovable*
liebevoll, *fond, affectionate*
die Liebkosung, *caress*
liederlich, *dissolute, loose*
die Liederlichkeit, *negligence, nonchalance*
liefern, *to produce*
liegen: es liegt ihm viel daran, *it is of great consequence to him*
die Linde, *linden-tree*
die Linie, *line;* in erster —, *first and foremost*
der Literat, –en, *littérateur*
locken, *to lure, entice*
lodern, *to flame*
das Löffelchen, *spoon*
lohnen, *to reward*

der **Lorbeerbaum**, –s, ⁻e, *laurel-tree*
löschen, *to extinguish*
lösen, *to sever*
die **Lösung**, *solution*
der **Löwe**, –n, *lion*
die **Luft**, ⁻e, *air*
die **Lust**, ⁻e, *pleasure, delight, desire*
lustig, *gay, merry, cheerful*
der **Luxus**: — **treiben**, *to display luxury*

M

mächtig, *powerful, influential;* des Deutschen — **sein**, *to know German thoroughly*
der **Magen**, –s, —, *stomach*
mager, *lean, slender*
die **Mahlzeit**, *meal*
die **Mahnung**, *reminder*
makellos, *faultless*
das **Mal**, –s, –e, *mark*
malen, *to paint*
manchmal, *sometimes, occasionally*
der **Mangel**, –s, —, *lack, want*
die **Manier**, *manner*
die **Manschette**, *cuff*
der **Mantel**, –s, ⁻, *coat*
der **Marineanzug**, –s, ⁻e, *sailor suit*
der **Markt**, –es, ⁻e, *market (square)*
das **Marschtempo**, –s. –s, *march tempo*
das **Maß**, –es, –e, *proportion*
die **Masse**, *mass*
der **Mast**, –es, –e (also –en), *mast*
der **Matrosenanzug**, –es, ⁻e, *sailor suit*
die **Matrosenmütze**, *sailor cap*
der **Matrosenschritt**, –es, –e, *sailor's stride*

matt, *dim, dull, pale*
das **Meer**, –es, –e, *ocean*
meiden, *to avoid*
die **Meinung**, *opinion*
die **Meinungsenthaltsamkeit**, *reticence*
meistern, *to master*
melden, *to announce*
der **Meldezettel**, –s, —, *registration-form*
die **Menge**, *lot, quantity, abundance*
das **Menschenalter**, –s, —, *generation*
das **Menschenkind**, –es, –er, *being;* pl., bibl., *children of men*
die **Menschenmasse**, *crowd of people*
das **Merkmal**, –s, –e, *mark, characteristic*
merkwürdig, *remarkable*
der **Messertanz**, –es, ⁻e, *sword-dance*
das **Mieder**, –s, —, *corsage*
die **Miene**, *expression;* sich die — **geben**, als ob, *to look as if*
das **Mienenspiel**, –s, –e, *expression, play of features*
milchig, *milky, thin*
mildern, *to mitigate*
die **Militärstiefelette**, *military boot*
mimen, *to act, represent*
der **Mischausdruck**, –s, ⁻e, *mixed expression*
die **Mischung**, *mixture*
das **Mißbehagen**, –s, *discomfiture*
das **Mißtrauen**, –s, *distrust*
miteinander, *in common*
die **Miterscheinung**, *attendant phenomenon*
das **Mitleid**, –es, *pity*
mitleidig, *compassionate*

mit-reißen, *to carry along*
mitsamt, *together with*
mitschuldig, *implicated (in a crime), partly to blame*
der Mitschüler, –s, —, *fellow student*
die Mitte, *center, middle*
mit-teilen, *to communicate, make known*
das Mittel, –s, —, *means;* sich ins — legen, *to intercede*
mittelalterlich, *medieval*
die Mittelmäßigkeit, *mediocrity*
die Möbel (pl.), *furniture*
möblieren, *to furnish*
die Momentaufnahme, *snap-shot*
der Mond, –es, –e, *moon*
das Moos, –es, –e, *moss*
der Morgengruß, –es, ⁀e, *good-morning*
müde, *weary, tired*
die Müdigkeit, *weariness*
die Mühe, *pains, efforts*
mühen, see bemühen
der Mühlenwall, –s, ⁀e, *name of a street*
müßsam, *laborious, with difficulty*
der Mund, –es, ⁀er, *mouth, lips*
mündlich, *oral, by word of mouth*
der Mundwinkel, –s, —, *corner of the mouth*
munter, *on the alert, merry, gay*
die Muschel, *mussel*
der Musikant, –en, *bandsman, musician*
der Musiker, –s, —, *musician*
die Mußestunde, *leisure hour*
der Mußewinkel, –s, —, *lounge, cosy corner*
müßiggängerisch, *idling, lazy*
mustern, *to examine, appraise, scan*

der Mut, –es, *courage;* ihm ist zumute, *he feels*
mutlos, *lacking in courage*
die Mütze, *cap*

N

na, *why, well*
nach und nach, *gradually*
nach-ahmen, *to imitate*
der Nachbar, –s (or –n), –n, *neighbor*
nach-denken, *to think (reflect) on*
nachdenklich, *thoughtful, grave*
der Nachdruck, –s, *emphasis*
nachlässig, *careless, indolent*
der Nachname, –ns, –n, *last name*
die Nachricht, (*piece of*) *news*
nächstens, *right away*
nach-ziehen, *to trace*
nähern sich, *to approach*
nähren, *to feed*
das Namensschild, –es, –er, *name-plate*
nämlich, *after all, that is to say*
der Nasallaut, –es, –e, *nasal (sound)*
näselnd, *nasal*
das Nasenloch, –s, ⁀er, *nostril;* die Nasenlöcher öffnen, *to dilate one's nostrils*
naß, *wet*
naßglänzend, *glistening with moisture*
die Natürlichkeit, *naturalness*
das Nebelgespinst, –es, –e, *web of mist*
nebelig, *hazy*
die Nebentreppe, *backstairs*
nebst, *along with*
die Neckerei, *taunting, jibe;* sich —en zurufen, *to banter each other*

nehmen: zu sich —, *to consume*
der Neid, –es, *envy*
neidisch, *envious*
neigen, *to incline*
die Neigung, *leaning, bias, inclination*
nett, *neat, nice, fine*
neugierig, *curious, inquisitive*
der Neumarkt, –es, ⁻e, *new market*
die Neuzeit, *modern times*
nichtsdestoweniger, *nevertheless*
nicken, *to nod*
nieder-drücken, *to press down;* mit niedergedrückter Spitze, *with toes turned down*
niedergeschlagen, *depressed*
niederträchtig, *vile*
niedrig, *obscure, low*
niesen, *to sneeze*
nirgends, *nowhere*
nördlich, *northern*
die Not, *necessity, distress*
nötig, *necessary*
notwendig, *necessary*
die Notwendigkeit, *necessity*
die Novelle, *story, short story*
der Novellist, –en, *short-story (Novelle) writer*
der Nutzen, –s, *advantage, benefit*

O

obendrein, *besides*
oberflächlich, *superficial*
der Oberlehrer, –s, —, *master (title given in Germany to masters of a high school who hold a permanent position)*
obgleich, *although*
öde, *desolate*
die Öde, *desolation*
die Ölfarbe, *oil-paint, oils*

omnibusartig, *omnibus-like*
der Opferaltar, –s, ⁻e (also –e), *sacrificial altar*
opfern, *to sacrifice*
ordentlich, *orderly, decent, regular*
ordnen, *to arrange, set in order*
die Ordnung, *order*
ordnungsgemäß, *regular*
orientieren sich, *to find one's way (about)*
der Ort, –es, –e, *place;* an — und Stelle, *on the (very) spot*
die Ostsee, *Baltic Sea*

P

päpstlich, *papal*
der Paß, –es, ⁻e, *passport*
passen, *to suit, fit*
das Patrizier-Gewand, –es, ⁻er, *patrician garment*
pausieren, *to pause*
der Pelz, –es, –e, *fur coat*
die Pelzmütze, *fur cap*
der Pfad, –es, –e, *path*
pfeifen, *to whistle;* vor sich hin —, *to whistle to oneself*
das Pferd, –es, –e, *horse*
pflastern, *to pave*
pflegen, *to cherish, cultivate*
pflegen (2), *to be accustomed*
pfuschen, *to blunder;* einem ins Handwerk —, *to poach upon one's preserves, compete with*
der Pfuscher-Irrtum, –s, ⁻er, *bungler's illusion*
der Pinsel, –s, —, *brush*
plätschern, *to splash, murmur*
das Plattdeutsch(e), *Low German*
plaudern, *to chat*
plötzlich, *suddenly*
plump, *clumsy, crude*

der Plumps, *thud*

der Plüschstuhl, –s, ⸚e, *plush-covered chair*

pochen, *to beat*

das Podium, –s, –ien, *platform*

die Poesie, *poetry*

die Pointe, *(fine) point;* — und Wirkung, *telling effect*

die Polizei, *police*

der Polizist, –en, *policeman*

die Polonaise, *polonaise (a stately march-like Polish dance in ¾ time)*

der Postadjunkt, –en, *mail clerk*

prächtig, *splendid, fine*

prachtvoll, *magnificent*

prickeln, *to tingle*

der Primus, *head (of the class)*

der Privatkursus (pl. –kurse), *private class*

der Provinzlöwe, –n, *provincial social lion*

prüfen, *to examine;* —d, *searching*

das Publikum, –s, *audience*

das Pultbrett, –es, –er, *writing-shelf*

die Pultplatte, *desk-top*

putzig, *droll*

Q

die Qual, –en, *pain, agony, torture*

quälen, *to torment*

die Qualle, *jelly-fish*

der Qualm, –s, –e, *(dense) smoke*

R

die Rache, *revenge*

das Rad, –es, ⸚er, *wheel, bicycle*

raffiniert, *subtile, (over-)refined*

der Rahmen, –s, —, *frame*

die Rarität, *curiosity*

rasch, *hurried*

rasend, *mad*

rasieren sich, *to shave*

die Rasse, *race*

rasten, *to stop, pause*

das Rathaus, –es, ⸚er, *town hall*

rätselhaft, *enigmatic, obscure*

rauchen, *to smoke*

räuchern, *to smoke*

der Raum, –s, ⸚e, *space, room*

räumen, *to clear away*

rauschen, *to rustle, whistle*

die Rechnung, *bill*

das Recht, –es, –e, *right;* einem recht geben, *to agree with one, acknowledge that one is right*

der Rechtsanwalt, –es, –e (also ⸚e), *attorney*

rechtschaffen, *righteous, upright*

die Rede, *conversation, discourse;* — stehen, *to give an account;* zur — stellen, *to take to task*

die Redeweise, *manner of speaking, idiom*

redlich, *upright*

die Redseligkeit, *loquacity*

der Reflektor, –s, –en, *reflector*

regeln, *to adjust*

regelrecht, *regular, normal*

regen sich, *to stir*

regnicht, *rainy*

reiben, *to rub*

reichen, *to reach, pass*

reifen, *to ripen*

die Reihe, *row*

reihum, *turn about*

die Reinheit, *purity*

reinigen, *to purify*

reinlich, *neat, clean*

das Reisebüchlein, *guide-book*

reisefertig, *ready to depart* (*on a journey*)

der Reisegefährte, –n, *travelling companion*

das Reiseziel, –s, –e, *destination*

die Reitstunde, *riding-lesson*

der Reiz, –es, –e, *charm*

reizbar, *irritable*

die Reizbarkeit, *sensitiveness*

reizen, *to irritate*

reserviert, *conservative*

die Reue, *remorse, regret*

reuevoll, *remorseful*

reuig, *remorseful*

richten, *to direct;* sich — nach, *to accommodate oneself to, act in accordance with;* ein Scherzwort an jd. —, *to address a witticism to someone*

die Richtung, *direction*

riechen, *to smell*

die Riesenzunge, *huge tongue*

ringsum, *on all sides*

rissig, *torn*

die Ritze, *slit*

der Rockschoß, –es, ̈e, *coat(-tail) pocket*

roh, *crude*

der Romane, –n, *Roman*

romantisch, *romantic, fantastic*

der Rosenschein, –s, –e, *rosy sheen*

das Röstbrot, –es, (–e), *toast*

rostig, *rust-covered*

die Röte, *red, flush*

röten, *to redden;* gerötet, *inflamed*

rotgelb, *reddish-yellow*

rotwangig, *red-cheeked*

der Ruck, –s, –e, *start*

rücken, *to move, shift;* an der Brille —, *to adjust one's glasses*

der Rücken, –s, —, *back*

das Rückgebäude, –s, —, *rear building*

rückwärts, *backwards*

rudern, *to row, steer*

der Ruf, –s, –e, *cry*

der Rufname, see Vorname

die Ruhe, *peace* (*of mind*), *rest*

ruhevoll, *calm*

ruhig, *quiet*

die Rührung, *emotion*

rund, *round, curved*

rutschen, *to slip*

S

die Sache, *thing, fact, point*

sacht, *soft, gentle*

die Sägemaschine, *sawing-machine*

salzen, *to salt*

die Salzluft, ̈e, *salt air*

sammetblau, *velvety blue*

der Sammetglanz, –es, *velvety sheen*

die Sammetjacke, *velvet jacket*

das Sammetmützchen, *velvet cap*

die Sammlung, *collection*

die Sandtorte, *Madeira cake*

sanft, *soft, gentle, sweet*

sanftmütig, *meek*

der Sang, –s, ̈e, *song*

der Sattel, –s, ̈, *saddle*

die Satzgruppe, *group of sentences*

die Säule, *column*

die Säulenhalle, *gallery*

der Saum, –s, ̈e, *edge, border*

sausen, *to howl, swish, rush*

schaden, *to hurt, do harm to;* **das** schadet nichts, *it doesn't matter*

schadhaft, *worn*

schaffen, *to convey, take*

schaffen (2), *to create*

das Schälchen, (*small*) *plate, dish*

schallen, *to sound, resound*

die Scham, *modesty, shame*

schämen sich, *to be ashamed*

schamhaft, *modest*

die Schar, –en, *group, horde, troop*

der Scharfblick, –s, –e, *acuteness*

schärfen, *to sharpen*

scharfzügig, *sharp-featured*

schassieren, *to chassé*

der Schatten, –s, —, *shade, shadow*

schaukeln, *to toss, rock*

der Schaum, –s, ˮe, *spray*

schäumen, *to foam, froth*

schaumerfüllt, *foam-filled*

schaumig, *foaming*

der Schauspieler, –s, —, *actor*

der Schein, –s, *light, glimmer, shine*

scheinbar, *seeming, apparent*

der Scheitel, –s, —, *crown of the head*

scheiteln, *to part (hair)*

die Scheitelwelle, *wave (on or from the crown of the head)*

die Schelle, *bell;* klingende —, *tinkling cymbal*

schelten, *to scold, reprimand, find fault with*

der Schemel, –s, —, *stool*

schemenhaft, *shadowy, phantasmal*

schenken, *to bestow*

scheren, *to shear, trim*

der Scherz, –es, –e, *joke, jest*

scherzen, *to joke*

das Scherzwort, –es, –e, *witticism*

schicken sich, *to be proper*

das Schicksal, –s, –e, *fate*

schieben, *to thrust, shove*

schief, *sidelong, wry*

der (das) Schild, –es, –e (–er), *shield*

das Schild, –es, –er, *(name-)plate*

schildern, *to describe*

schimmern, *to gleam*

der Schinken, –s, —, *ham*

die Schläfe, *temple*

schläfrig, *sleepy*

schlaftrunken, *heavy with sleep*

schlafwandeln, *to walk in one's sleep, somnambulate;* wie —d, *like a somnambulist*

der Schlag, –s, ˮe, *(carriage-)door*

der Schlagfluß, –es, *apoplexy;* zum — geneigt, *apoplectic*

schlank, *slender*

schleichen, *to steal, slip*

der Schleier, –s, —, *veil*

die Schleife, *bow, scarf*

schleifen, *to drag, slide*

schlendern, *to saunter, stroll*

schlenkern (sich), *to swing, roll*

schleudern, *to dash*

schlicht, *simple, unadorned, plain*

schließlich, *finally, to conclude*

das Schlitzauge, –s, –n, *Mongolian eye*

das Schloß, –es, ˮer, *castle, palace*

schluchzen, *to sob*

der Schlummer, –s, *slumber, sleep*

schlummern, *to slumber, doze*

schmal, *slender, strait, cramped, narrow*

schmalgeschnitten, *narrow*

schmeicheln, *to flatter*

der Schmerz, –es, –en, *pain, grief*

schmerzlich, *painful*

schmieden, *to form, forge*

schmiegen sich, *to fit close*

schmuck, *spruce, pleasing*

der Schmuck, –s, *adornment*

schmücken, *to adorn*

schmutzig, *dirty*

schnallen, *to buckle, strap*
der Schnee, –s, –e, *snow*
der Schnitt, –es, –e, *cut*
schnitzen, *to carve*
schnuppern, *to sniff*
der Schnurrbart, –es, ⁺e, *moustache*
schonen, *to take care of, spare*
der Schopf, –s, ⁺e, *tuft, shock, head of hair*
schöpferisch, *creative*
der Schornstein, –s, –e, *smokestack*
schräg, *slanting, sloping*
der Schrank, –s, ⁺e, *cupboard*
die Schranke, *barrier*
die Schraube, *screw*
schrecklich, *terrible, frightful*
der Schriftsteller, –s, —, *writer*
der Schritt, –es, –e, *step*
die Schublade, *drawer*
schüchtern, *timid*
die Schuldigkeit, *duty*
die Schulmappe, *school-bag*
die Schulter, *shoulder*
schüren, *to fan*
das Schürzkleid, –es, –er, *apron, smock*
schütteln, *to shake*
der Schutz, –es, –e, *protection;* in — nehmen, *to defend*
die Schwäche, *weakness*
schwächen, *to weaken*
schwalbenschwanzförmig, *swallow-tailed*
schwanken, *to move to and fro*
schwänzeln, *to waddle*
die Schwärmerei, *ecstasy, revery, enthusiasm*
schwatzen, *to chat*
schweben, *to be suspended;* das Schweben, *soaring*

schweigen, *to be silent*
die Schwelle, *threshold*
schwenken, *to swing, wave*
schwerfällig, *laborious, ponderous*
die Schwerfälligkeit, *clumsiness*
schwermütig, *gloomy, melancholy*
schwierig, *difficult*
schwimmen, *to swim*
der Schwindel, –s, —, *dizziness, vertigo;* ein gelinder —, *a slight dizziness*
schwingen: geschwungen, *curved*
das Seebad, –es, ⁺er, *bathing resort*
der Seegang, –s, *sea (in the sense of " heavy sea ")*
das Seehundsränzel, –s, —, *sealskin knapsack*
seelisch, *psychic*
die Seemans-Überjacke, *peajacket, reefer*
segeln, *to sail*
sehnen (sich), *to yearn*
die Sehnsucht, *longing, yearning*
sehnsüchtig, *wistful, anxious*
die Seide, *silk*
seiden, *silk*
seidig, *silky*
der Seitenzugang, –es, ⁺e, *side entrance*
seitwärts, *sideways*
selbstbewußt, *self-assured, conceited*
das Selbstbewußtsein, –s, *self-consciousness, apperception*
das Selbstgefühl, –s, *self-esteem*
die Selbstverachtung, *self-contempt*
selbstvergessen, *unconscious, absent-minded*
die Selbstverleugnung, *self-denial*
selig, *blissful*

die Seligkeit, *happiness*

selten, *seldom, rare*

seltsam, *singular, unusual, strange*

senken, *to lower;* gesenkten Kopfes, *with bowed head*

senkrecht, *vertical*

der Seufzer, –s, —, *sigh;* den letzten — tun, *to draw one's last breath*

die Sicherheit, *assurance*

die Sicht, *sight*

sichtlich, *visible*

die Siebensachen (pl.), *odds and ends;* die — der Wissenschaft, *paraphernalia of learning*

die Siedelung, *settlement, colony*

siegen, *to triumph*

der Silberglanz, –es, *silvery sheen*

silbrig, *silvery*

der Sinn, –es, –e, *sense, mind;* wie wird einem zu —? *how does one feel?*

sinnen, *to think;* —d, *thoughtful, contemplative*

die Sinnenglut, *sensuality*

sinnlich, *sensuous, emotional*

die Sinnlichkeit, *sensuality*

sittlich, *moral*

die Skepsis, *scepticism*

die Skizze, *sketch*

slawisch, *Slavic*

soeben, *just now*

der Sofawinkel, –s, —, *sofa corner*

sofern, *so far as*

sofort, *immediately*

sogar, *even*

die Sohle, *sole;* auf leisen —n, *noiselessly*

soldatisch, *military*

solid(e), *firm*

die Sommersprosse, *freckle*

sonderlich, *peculiar, extraordinary, especial*

die Sonnenscheibe, *disc of the sun*

die Sorgfalt, *care*

sorgfältig, *careful*

sorglos, *careless, carefree*

spähen, *to gaze*

die Spanne, *suspense*

spannen sich, *to stretch, extend*

der Spaß, –es, ⁻e, *joke*

spazieren gehen, *to go for a walk*

der Spaziergang, –es, ⁻e, *walk*

speisen, *to dine*

der Spiegel, –s, —, *mirror*

das (der) Spind, –es, –e (North Ger.), *wardrobe*

spitz, *pointed, sharp, angular*

die Spitze, *tip, point*

spitzen, *to sharpen;* die Lippen —, *to purse one's lips*

spitzig, *pointed*

der Spott, –es, *mockery, scorn*

spöttisch, *scornful*

spreitzen, *to extend, spread*

der Springbrunnen, –s, —, *fountain*

der Springstrahl, –s, –en, *jet of water, fountain*

spritzen, *to spurt, dash*

die Sprödigkeit, *reserve, aloofness*

der Spruch, –s, ⁻e, *maxim, motto*

der Sprühschauer, –s, —, *shower of spray*

der Sprung, –s, ⁻e, *vault, jump*

spüren, *to notice, feel*

die Staffelei, *easel*

stahlblau, *steel-blue*

der Stamm, –s, ⁻e, *trunk, tree*

stampfen, *to pound*

der Stand, –es, ⁻e, *profession, social status*

die Stange, *pole*
starr, *rigid*
starren, *to gaze*
das Staunen, –s, *astonishment*
stechen, *to pierce, sting*
stehlen, *to steal*
steigern, *to uplift*
steil, *steep*
die Steinfliese, *flag-stone*
die Stelle, *passage, spot*
die Stellung, *position*
stemmen, *to prop, support*
stets, *always*
sticken, *to embroider*
der Stiefel, –s, —, *boot*
die Stiege, *flight (of stairs)*
der Stier, –s, –e, *bull, steer*
stilisiert, *forced, assumed, mock*
das Stillschweigen, –s, *silence*
stilvoll, *tasteful*
die Stimme, *voice*
stimmen, *to attune, tune;* weich
  gestimmt, *kindly disposed*
die Stimmung, *mood*
die Stirn(e), *brow*
der Stock, –s, ⸚e, *stick, cane*
der Stoff, –s, –e, *fabric, material*
stöhnen, *to moan*
stolpern, *to stumble, tumble*
stolz, *proud*
stören, *to disturb, intrude*
die Störung, *inconvenience, intru-*
  sion
der Stoß, –es, ⸚e, *thrust, lunge,*
  attack
stoßen, *to thrust at;* auf Bekannte
  —, *to come across acquaintances*
stoßweise, *jerky;* kurz und —
  atmen, *to breathe in short gasps*
die Strafanstalt, –en, *penitentiary*
strafen, *to punish*

straff, *taut*
straffen, *tauten*
der Sträfling, –s, –s, *convict*
stramm, *well-built*
der Strand, –es, –e, *beach*
die Straßenecke, *street corner*
die Strecke, *distance, while*
strecken sich, *to stretch out*
streichen, *to stroke, sweep, be*
  wafted; mit der Hand —, *to pass*
  one's hand
streifen, *to graze;* mit den Augen
  —, *to cast a glance at*
der Streifen, –s, —, *strip, stripe*
streng, *strict, heavy*
strömen, *to stream, swarm*
der Strumpf, –es, ⸚e, *stocking*
die Stube, *room*
das Stück, –s, –e, *piece;* in allen
  —en, *in every respect*
stumm, *silent, mute, inarticulate*
der Stümper, –s, —, *bungler,*
  botcher
die Stumpfnase, *turn-up nose*
der Sturm, –s, ⸚e, *storm*
stürzen, *to fall (heavily), tumble*
stützen, *to support*
die Subscription, *subscription*
  dance
der Süden, –s, *south*
südlich, *southern*
summen, *to buzz*
der Sund, –es, –e, *strait(s), sound*
die Sünde, *sin*
sündigen, *to sin*
süß, *sweet*

T

tadellos, *faultless*
tadelnswert, *reprehensible*
das Tafeltuch, –es, ⸚er, *table-cloth*

tagüber, *during the day*

taktfest, *steady, rhythmical*

das Tal, –s, ⸗er, *valley*

der Tang, –s, *seaweed*

die Tanzbelustigung, *dancing (-amusement)*

tänzeln, *to frisk, dance;* —d, *sportively*

die Tanzstunde, *dancing lesson*

die Tapete, *wall-paper, tapestry*

tapezieren, *to paper*

täppisch, *clumsy*

das Taschentuch, –es, ⸗er, *handkerchief*

die Tasse, *cup*

die Taste, *key*

tasten sich, *to feel one's way*

die Tat, –en, *deed*

die Tätigkeit, *activity*

die Tatsache, *fact*

der Tau, –s, –e, *rope*

tauchen, *to dip;* getaucht in, *flooded with, bathed in*

taufen, *to name, christen*

das Teebrett, –es, –er, *tea-tray*

der (das) Teer, –s, *tar*

teilen sich, *to scatter*

die Teilnahme, *interest*

teil-nehmen, *to take part*

thronen, *to reign*

der Tierblick, –s, –e, *animal eye(s)*

die Tischgesellschaft, *table companions*

die Tischplatte, *table-top*

der Tod, –es, *death*

toll, *mad*

der Ton, –s, ⸗e, *tone*

tönen, *to sound*

die Tonne, *barrel*

das Tor, –s, –e, *gate;* vor dem —e, *outside the gate*

töricht, *foolish, absurd*

die Tour, –en, *turn*

der Trab, –es, *trot;* sich in — setzen, *to fall into a trot*

trachten, *to strive*

träge, *lazy, listless, inert*

tragen: der Tisch trägt sich schwer an, *the table is heavily laden with*

der Tränenschleier, –s, —, *tearful veil*

transpirieren, *to perspire*

die Trauer, *sorrow*

traumblöde, *dreamy, dim with dreaming*

träumen, *to dream*

das Traumgespinst, –es, –e, *dream phantom*

traumhaft, *dreamy*

traurig, *sad*

die Traurigkeit, *sadness, misery*

treffen, *to hit, meet, fall upon;* es trifft ihn, *it is his turn;* einen ins Innerste —, *to touch one to the quick;* Vorbereitungen —, *to make preparations*

trennen, *to separate*

die Treppe, *flight (of stairs), stairway*

der Treppenabsatz, –es, ⸗e, *landing*

der Treppenkopf, –es, ⸗e, *head of stairs*

die Treue, *faithfulness*

treuherzig, *true-hearted, artless*

triftig, *valid*

trillern, *to execute trills*

das Trinkgeld, –es, –er, *tip(s)*

trocken, *dry*

die Trompete, *trumpet*

das Trottoir, –s, –e (also –s), *pavement*

trotz, *in spite of*

der Trotz, —es, *spite*

trüb, *cloudy, gloomy, sad*

trüben sich, *to grow dim*

trübsinnig, *melancholy*

der Trug, —s, ⸚e, *delusion*

trügerisch, *illusory*

die Truhe, *chest*

trunken, *drunken*

der Tüllbesatz, —es, ⸚e, *tulle flounce, bertha;* — mit spitzem Ausschnitt, *V-shaped flounce*

der Tumult, —es, —e, *turmoil*

der Turm, —s, ⸚e, *tower*

turnen, *to do gymnastics*

die Tüte, *paper bag*

der Typus, Typen, *type*

U

die Übelkeit, *sickness, nausea*

üben, *to practise*

überall, *everywhere*

der Überblick, —s, —e, *general view*

überblicken, *to survey*

überdies, *furthermore*

überfluten, *to flood*

überfüllen, *to flood*

übergeschäftig, *officious*

überholen, *to overtake*

überlassen, *to abandon*

die Überlegenheit, *superiority*

übermannen, *to overcome*

das Übermaß, —es, —e, *excess, extravagance*

übermäßig, *excessive, inordinate*

der Übermut, —s, *wantonness*

übermütig, *gay, impertinent, saucy*

übernachten, *to spend the night*

überragen, *to overtower*

überreichen, *to hand over*

überreizt, *super-sensitive*

über-schlagen, *to tumble over;* die Stimme bricht und schlägt über, *the voice cracks and breaks*

überspielen, *to play over, inundate;* von Lichtreflexen überspielt, *with reflections of light playing upon it*

übertönen, *to drown, rise above*

übertragen, *to transfer*

die Überzeugung, *conviction*

überziehen, *to cover*

üblich, *usual*

übrig, *left over, other;* im —en, *as to the rest*

übrigens, *besides, anyway, to begin with*

der Übungslauf, —s, ⸚e, *trial run*

das Ufer, —s, —, *bank*

umfassen, *to embrace;* —d, *extensive, comprehensive*

umgeben, *to surround*

umher-spähen, *to peer about*

umher-spritzen, *to splash about*

umher-stieben, *to scatter about*

umhüllen, *to envelop*

umjubeln, *to acclaim, fête*

umkreisen, *to hover about*

umreißen, *to sketch, delineate*

umschatten, *to shadow*

die Umschau, —en, *survey*

umschlingen, *to clasp*

umschwärmen, *to admire, lionize*

umstellen, *to surround*

um-tun sich, *to cast about (in search of something)*

umwandeln, *to walk about*

der Umweg, —s, —e, *roundabout way*

unablässig, *incessant*

unanständig, *indecent*

unauffällig, *inconspicuous*

unausgesetzt, *constant, continuous, continual*

unbändig, *unruly*

unbedacht, *rash*

unbedingt, *unconditional, absolute*

unbegreiflich, *inconceivable, increditable*

unbehelligt, *unmolested*

unbeherrscht, *uncontrolled*

unbeholfen, *helpless, inarticulate*

unbekömmlich, *unwholesome, indigestible*

unberührbar, *intangible, distant*

unberührt, *untouched*

unbescholten, *irreproachable*

unbestimmt, *indefinite, uncertain, indeterminate*

unbeteiligt, *disinterested*

unbewegt, *listless*

unbewußt, *instinctive*

unbrauchbar, *useless*

unentwegt, *steadfast*

unerbittlich, *relentless*

unfehlbar, *inevitable*

unfern (gen.), *near*

ungeboren, *unborn*

ungefähr, *approximately, about*

ungeheuer, *colossal*

ungehindert, *unimpeded*

ungehörig, *improper*

ungenial, *commonplace*

ungerahmt, *unframed*

ungeschickt, *awkward, ungainly*

die Ungetrübtheit, *serenity*

ungewürzt, *unseasoned, insipid*

der Unglaube, –ns, –n, *disbelief*

ungleichmäßig, *irregular*

der Unhold, –es, –e, *monster;* **tiefe –e,** *abysmal monsters*

unirdisch, *supernatural*

unmäßig, *excessive*

unmenschlich, *inhuman*

unmerklich, *imperceptible*

unmittelbar, *immediate*

die Unordnung, *disorder, confusion*

unregelmäßig, *irregular*

die Unruhe, *disturbance, restlessness*

unruhig, *restless, turbulent*

unsäglich, *unspeakable*

die Unschuld, *innocence*

unsichtbar, *invisible*

untadelhaft, *faultless*

untapeziert, *bare, unpapered*

unterbrechen, *to interrupt*

unter-bringen, *to dispose of, place*

unter-fassen, *to take by the arm*

die Unterhaltung, *conversation*

unterliegen, *to succumb, be overcome*

die Unterredung, *interview*

die Unterrichtsstunde, *hour of instruction*

unterscheiden, *to distinguish;* **das unterscheidet sich durch nichts,** *this is not at all different*

untersetzt, *low*

unterzeichnen, *to sign*

unvergleichlich, *incomparable*

unvernünftig, *unreasonable*

unverwirrbar, *imperturbable*

unverzüglich, *prompt*

unwahrscheinlich, *improbable, unreal*

unwiderstehlich, *irresistible*

unwillkürlich, *involuntary, instinctive*

unwirksam, *ineffectual*

unwürdig, *unworthy*

unzerreißbar, *untearable, indestructible*

unziemlich, *unseemly, unjustifiable*

die Unzugänglichkeit, *inaccessibility*

unzugehörig, *irrelevant*

die Unzugehörigkeit, *aloofness, inadaptability*

unzweideutig, *unmistakable*

üppig, *luxurious*

der Urlaub, –s, –e, *furlough, vacation*

der Ursprung, –s, "e, *source, origin*

ursprünglich, *original*

der Urteilsspruch, –es, "e, *judgment, sentence*

urvertraut, *very familiar*

V

die Verabredung, *agreement, appointment*

verabscheuen, *to detest*

verabschieden sich, *to say good-bye*

verachten, *to scorn, look down upon*

verächtlich, *scornful*

die Verachtung, *disdain*

verändern sich, *to change*

die Veränderung, *transformation*

die Veranlagung, *talent*

die Veranlassung, *occasion, cause*

verarmen, *to impoverish*

verbergen, *to conceal*

verbeugen sich, *to bow*

verbieten, *to forbid*

verbinden, *to oblige*

die Verbindungstür, –en, *communicating door*

verblüffen, *to dumbfound*

verbringen, *to spend (time)*

der Verdacht, –es, –e, *suspicion*

verdammen, *to damn*

das Verdeck, –s, –e, *deck*

verderben, *to spoil, ruin;* den Magen —, *to upset one's stomach*

verdunsten, *to evaporate*

verdutzt, *nonplussed, sheepish*

verehren, *to honor, admire*

vereinen, *to unite*

vereinigen sich, *to unite, gather*

die Vereinigung, *union*

verfallen, *to fall away;* er verfällt darauf, *the idea occurs to him*

verfertigen, *to make, compose*

verfluchen, *to curse*

verfolgen, *to follow, pursue;* von der Polizei verfolgt, *wanted by the police*

verführen, *to lead on, lead astray*

verführerisch, *seductive*

vergeben, *to forgive*

vergebens, *in vain*

vergeblich, *futile*

die Vergebung, *pardon;* um — = ich bitte um —

vergehen, *to pass*

das Vergehen, –s, —, *misdemeanor*

vergessen: das Vergessen, *oblivion*

die Vergesslichkeit, *forgetfulness*

vergittert, *(cross-)barred*

vergnügen sich, *to enjoy oneself*

die Vergnügungsfahrt, *pleasure trip*

vergolden, *to gild*

verhaften, *to arrest*

das Verhältnis, *attitude, relation, relationship*

verhängt, *overcast*

das Verhör, –s, –e, *(cross-)examination*

verirren (sich), *to lose one's way;* ein verirrter Bürger, *a bourgeois gone astray*

der Verkauf, –s, "e, *sale*

verkehren, *to associate, deal*

verklären, *to transfigure*

die Verklärung, *transfiguration, glory*

verkleiden sich, *to disguise*

die Verknüpfung, *connection:* die — der Vorstellungen, *association of ideas*

verlachen, *to laugh at*

das Verladen, –s, *loading*

verlangen, *to desire, long (for)*

verlangsamen, *to slacken down, delay;* verlangsamt, *deliberate*

verlassen, *to abandon, leave*

verlegen, *embarrassed*

verlegen sich, *to devote oneself;* er verlegt sich aufs Warten, *he awaits the outcome* •

verletzlich, *vulnerable;* leicht —, *very sensitive*

verliebt, *fond, infatuated*

vermählen sich, *to be married*

vermerken, *to note*

vermischen sich, *to mingle*

vermöge, *by reason of*

vermummen, *to mask, muffle up*

vernehmen, *to hear, distinguish*

vernünftig, *reasonable*

veröden, *to ravage*

die Verödung, *desolation*

veröffentlichen, *to publish*

verraten, *to betray*

verräuchert, *smoky*

verreisen, *to go on a journey*

der Vers, –es, –e, *verse*

versammeln sich, *to gather*

versäumen, *to neglect*

verschaffen, *to procure, get*

verschärfen sich, *to sharpen, increase*

verschieden, *different, various*

verschlagen, *to matter*

verschließen, *to close, lock*

verschlingen, *to swallow up*

verschlucken, *to swallow*

das Verschulden, –s, *fault*

verschwinden, *to disappear*

versehen, *to provide (with), equip;* mit Möbeln —, *to furnish*

versetzen, *to place;* den Vorhang in ein rotes Glühen —, *to impart to the curtain a red glow*

versichern, *to assure*

versinken, *to become lost*

versöhnen, *to placate, conciliate*

versöhnlich, *placable, conciliatory*

die Versöhnung, *reconciliation*

versorgen, *to attend to*

versprechen, *to promise, predict*

verspüren, *to trace, feel*

die Verständigung, *understanding, compatibility*

verstohlen, *furtive, stealthy, secret*

verstopfen, *to choke up*

verstören, *to disturb*

die Verstörung, *disturbance, commotion*

verstummen, *to become silent*

der Versuch, –es, –e, *attempt*

versuchen, *to try, tempt*

die Versunkenheit, *absorption*

versüßen sich, *to become sweet*

die Verszeile, *line of poetry*

verteilen, *to distribute*

vertragen, *to stand, manage*

die Vertraulichkeit, *intimacy*

vertraut, *familiar;* der Vertraute, *confidant*

die Vertrautheit, *familiarity, intimacy*

vertun, *to squander, waste*

verursachen, *to cause, produce*

verwachsen, *to grow together;* participle, *connected; deformed*

verwahren, *to keep (safe)*
die Verwandtschaft, *relationship*
verwenden, *to use, employ*
verwirren, *to bewilder, confuse*
verwöhnen, *to pamper*
verworren, *indistinct, confused*
verwüsten, *to lay waste, devastate*
verzehren, *to consume*
verzeihen, *to pardon*
verzichten, *to renounce*
verzwickt, *intricate*
das Vestibül, –s, –e, *vestibule, lobby*
vielfach, *diverse, ornate*
viereckig, *square*
die Villa, Villen, *villa*
das Vogelgezwitscher, –s, *twittering of birds*
der Vokal, –s, –e, *vowel*
das Volk, –s, ⁻er, *people, nation*
die Volksbibliothek, *public library*
vollbringen, *to execute, produce*
vollends, *completely*
vollführen, *to execute*
das Vollgefühl, –s, –e, *consciousness*
völlig, *full, entire*
vollkommen, *perfect, consummate, complete*
vollständig, *complete*
voraus-setzen, *to presuppose*
vorbei-jagen, *to race past*
die Vorbereitung, *preparation*
vor-bestimmen, *to predestinate*
vor-beugen, *to bend forward*
der Vordergrund, –es, ⁻e, *foreground*
vor-dringen, *to push on, intrude*
der Vorfahr, –en (also –s), –en, *forefather*
vor-haben, *to plan;* **was hat er vor?** *what does he mean to do?*
das Vorhaben, –s, *design*

vorhanden, *at hand, nearby*
der Vorhang, –s, ⁻e, *curtain*
vor-kommen, *to occur*
vor-lesen, *to read (aloud)*
der Vorname, –ns, –n, *first name*
vornehm, *distinguished, exalted*
vor-rücken, *to advance*
vor-schieben, *to push forward*
der Vorsitz, –es, –e, *chairmanship;* **den — (bei Tische) haben,** *to sit at the head*
vor-stellen, *to introduce*
die Vorstellung, *conception, idea, suggestion*
vorteilhaft, *advantageous*
der Vortrag, –s, ⁻e, *narration*
vortrefflich, *excellent, admirable*
vorüber-puffen, *to puff by*
vor-wagen sich, *to venture forth*
vor-weisen, *to show, produce*
vor-werfen, *to reproach (with)*
der Vorwurf, –s, ⁻e, *reproach*
vor-ziehen, *to prefer*

W

wach, *awake*
der Wachstuchmantel, –s, ⁻, *oilskin coat*
wägen, *to weigh;* **—d,** *critical*
wählerisch, *fastidious*
wahrscheinlich, *probable, presumable*
der Wall, –es, ⁻e, *wall, dike*
die Wallanlagen (pl.), *(embankment) gardens*
der Walnußbaum, –s, ⁻e, *walnut-tree*
der Walzertakt, –es, *waltz time* (or *rhythm*)
die Wand, ⁻e, *wall*
wandern, *to roam, rove*

der **Wandschirm,** –s, –e, *folding-screen*

die **Wange,** *cheek*

der **Wangenknochen,** –s, —, *cheek-bone*

wanken, *to waver;* —de Stimme, *faltering voice*

die **Ware,** –n, *wares, goods, cargo*

die **Wärme,** *warmth*

der **Wechsel,** –s, —, *change*

wechseln, *to change, exchange, vary*

weh, *painful*

das **Weh,** –s, –e, *pain, grief*

die **Wehmut,** *melancholy, sadness*

wehren, *to restrain, stop*

weich, *soft*

weichen, *to yield, give way*

die **Weile,** *while*

der **Wein,** –s, –e, *wine*

die **Weise,** *manner, fashion, way*

weißlackiert, *white-enamelled*

weit: von —em, *from a distance;* ins Weite, *into space*

weitläufig, *extensive, wide*

weitschweifig, *spacious*

die **Welle,** *wave, billow*

der **Wellenhügel,** –s, —, *wave-hill*

das **Wellenleib,** –es, –er, *wave-body, surging mass*

die **Weltanschauung,** *view of life, philosophy*

die **Weltdame,** *lady of fashion, woman of the world*

wenden sich, *to turn*

werben, *to woo, strive*

wertvoll, *precious*

das **Wesen,** –s, *nature*

wichtig, *important*

widerhallen, *to resound*

der **Widersinn,** –es, –e, *contradiction, absurdity*

widersinnig, *preposterous*

widerspenstig, *refractory, unruly*

das **Widerspiel,** –s, –e, *counterpart*

der **Widerstreit,** –es, –e, *antagonism;* in (im) — sein, *to be at odds*

wiederher-stellen, *to recover*

wiederholen, *to repeat*

wiegen, *to rock, sway*

wiegen (2), *to weigh*

der **Wiesenweg,** –s, –e, *meadow path*

der **Wille,** –ns, *will*

die **Windfangtür,** –en, *storm-door*

der **Winkel,** –s, —, *(quiet) corner*

winken, *to beckon*

winklig, *angular, winding*

winzig, *tiny*

der **Wipfel,** –s, —, *tree-top*

wirbeln, *to whirl, spin*

die **Wirklichkeit,** *reality*

wirksam, *effective*

die **Wirkung,** *effect, influence*

die **Wirtin,** *proprietress*

die **Wissenschaft,** *science, knowledge*

wogen, *to undulate, float, surge*

der **Wogenberg,** –s, –e, *hill of waves, breaker*

wohlanständig, *respectable*

die **Wohlanständigkeit,** *propriety*

wohlgestaltet, *well-shaped*

wohlig, *comfortable, pleasant*

wohlmeinend, *well-meaning*

das **Wohlwollen,** –s, *benevolence*

die **Wolke,** *cloud*

die **Wolkenschicht,** *bank of clouds*

die **Wollust,** ⁻e, *sensuality, debauchery*

die **Wonne,** *bliss, delight*

das **Wunder,** –s, —, *miracle*

wunderartig, *unusual, baffling*
wunderlich, *singular, odd*
die Würde, *dignity, post of honor*
würdig, *dignified, venerable*
die Wurst, *-e, sausage*
die Wurzel, *root*
wüst, *waste, uncultivated, dissolute*
wütend, *raging*

Z

zackig, *jagged*
zag, *timid*
zaghaft, *timid*
zäh, *stubborn*
zählen, *to count*
zart, *delicate, tender, sheer*
die Zärtlichkeit, *tenderness*
zartrosig, *pink*
die Zehenspitze, *tiptoe*
zehren, *to consume*
das Zeichen, -s, —, *sign, mark*
der Zeigefinger, -s, —, *forefinger*
die Zeile, *line*
die Zeit, *time;* vor —en, *long ago*
zeitig, *early*
die Zeitlang, *while*
die Zeitschrift, *magazine*
der Zeitvertreib, -s, -e, *diversion, pastime*
die Zensur, *report, mark*
zerfallen, *to collapse, fall out*
zerfressen, *to corrode*
zerknirschen, *to crush;* zerknirscht, *contrite*
zerlegen, *to dissect, cut to pieces*
zermarten, *to torture*
zerpeitschen, *to whip to pieces, lash*
zerreißen, *to tear to pieces*
die Zersetzung, *decay*
zerstören, *to destroy*

die Zerstörung, *destruction, overthrow*
zerstreuen, *to distract*
zerwühlen, *to root up, churn*
zerzupfen, *to pull to pieces*
der Zettel, -s, —, *(scrap of) paper*
das Zeug, -s, -e, *stuff, trash*
das Zeugnis, *report, certificate*
die Zeugungswonne, *joy of creation*
das Ziel, -s, -e, *destination, goal, end*
ziemlich, *somewhat*
der Zigeuner, -s, —, *gipsy*
zischen, *to hiss, whir*
zittern, *to quiver*
das Zivil, -s, *civilian dress*
zögern, *to hesitate*
der Zopf, -es, -e, *plait (of hair)*
der Zorn, -s, *anger*
das Zuchthaus, -es, -er, *house of correction*
zucken, *to twitch, shrug*
zu-drücken, *to press shut*
zufrieden, *content*
der Zug, -s, -e, *feature*
zugegen, *present*
zugetan, *attached, devoted*
zugig, *drafty, bleak*
zugleich, *at the same time, at once*
zugrunde-richten, *to destroy*
zuletzt, *at last, after all*
zunächst, *first of all*
zu-nehmen, *to increase*
die Zunge, *tongue*
zurück-gleiten, *to slip back*
zurück-kehren, *to return*
zurück-scheuchen, *to frighten (shoo) back*
zurück-stoßen, *to push back*
zurück-weichen, *to withdraw*

zusammen-ballen (sich), *to gather, pack*

der Zusammenhang, –s, ˮe, *connection*

zusammen-knüpfen, *to knot, tie together*

zusammen-raffen, *to collect*

zusammen-schnüren, *to constrict*

zusammen-setzen, *to compound, put together*

zusammen-sinken, *to collapse*

zusammen-treffen, *to encounter*

zusammen-ziehen, *to contract*

der Zuschauer, –s, —, *onlooker*

die Zuschrift, *communication, letter*

zu-sprechen, *to speak to;* der Flasche beständig —, *to partake freely of the bottle*

der Zustand, –es, ˮe, *state*

die Zuständigkeit, *status*

zu-trauen, *to credit;* das hätte ich

ihm nicht zugetraut, *I should never have considered him capable of that*

zu-treffen, *to prove true*

zutunlich, *engaging, complacent*

zuweilen, *now and then, at times*

zu-winken, *to wave to*

zweideutig, *ambiguous*

der Zweifel, –s, —, *doubt*

zweifelhaft, *doubtful, dubious, questionable*

der Zweig, –s, –e, *twig, branch*

zweispännig, *drawn by two horses*

das Zwielicht, –es, *twilight*

zwingen, *to compel*

zwinkern, *to blink*

der Zwischenfall, –s, ˮe, *incident*

das Zwischengeschoß, –es, –e, *mezzanine (story)*

die Zwitscherstimme, *chirping voice*